三味书屋读鲁迅

鲁迅绘笔下众生

刘晴 / 编著

云南出版集团公司
云南教育出版社

凡有和阿Q玩笑的人们,几乎全知道他有这一种精神上的胜利法。

序一

北京鲁迅博物馆的观众群体是复杂的，除了熟悉鲁迅者以及崇拜鲁迅者外，还有一些参观者不能忽视——他们或者不是自愿而来，或者带着成见而来，他们的参观就可能成为敷衍了事，走个过场。因此，如何引发观众的兴趣，让他们既获得知识，又陶冶情操，至少是减少反感情绪，是讲解员和教育员面临的一个巨大挑战。如果讲得不好，没有关键知识点，缺少情绪兴奋点，观众，特别是小观众，就可能提不起劲儿，甚至会掉头而去。如何吸引小读者、小观众更多地认知鲁迅及其丰富的文学世界，是鲁迅博物馆讲解员和教育员工作的着力点。这就需要讲解员和教育员了解学生的知识水平，掌握学生想要了解什么，以及采取什么途径去了解。

刘晴同志作为北京鲁迅博物馆的讲解员和教育员，是三味书屋"跟着鲁迅读经典"课程的主讲人。她策划的鲁迅作品诵读、解说和教学活动，开展多年，取得了不菲的成绩。成果之一，就是编辑了这套适合青少年读者的六卷的鲁迅作品读本《三味书屋读鲁迅》。

希望青少年读者读了这套书后，再来参观鲁迅博物馆，陌生感会大大减少，亲切感会大大增加——这是我的期望。

——黄乔生

北京鲁迅博物馆副馆长、研究馆员

中国鲁迅研究会副会长兼秘书长

序二

  钱理群先生说过,鲁迅等源泉性文学家、思想家的作品应该成为国民的基本教材,家喻户晓。但入选中小学语文教科书的鲁迅作品非常有限,怎样才能使更多的人——尤其是孩子——更全面地了解鲁迅,更自然、更深切地走近鲁迅呢?刘晴老师进行了有益的尝试:选取适合学生阅读的50篇文章,大致按照由浅入深、由易到难、由趣及理的顺序组元,编排上既相对独立,又循序渐进,成为一个有机的整体。书中每一篇选文,无论意在点评的"读书知味"栏目,还是旨在赏析的"妙笔寻味"栏目,都是刘晴老师在花费数年心血研究解读中萃取的最精要的点,点拨要言不烦,四两拨千斤。

  同时,这也是一套深得语文教育和语文课程真谛的教学用书。语文教育的主要任务是引领学生正确理解和运用祖国的语言文字,而鲁迅作品正是将祖国语言文字的抒情表意功能发挥到极致的典范。基于这种认识,刘晴老师在对每篇文章进行"妙笔寻味"之后,都设计了一个写作任务。这些任务,关注到学生的知识结构、成长经历、生活情趣、文化视野等诸多因素,凸显了情境性、开放性,选点求精,练点求实,以使其语言和思维水平一起提升,审美与文化素养共同增益。

——毕于阳
中国鲁迅研究会基础教育分会副会长
国家课程标准高中语文教科书核心编者
北京市语文特级教师

前言

　　文学上有一种说法："文学即人学"，文学作品里描写的情节、情感、思想，都是人生的投射。因此，从写实的记叙文脱胎出来的小说，人物也成为其中灵魂的要素。就如很多经典的小说，留下了很多经典的人物形象一样，鲁迅的小说，也为读者留下了很多经典的人物形象。通过鲁迅的小说，我们就像穿越回到清末民初那个激烈的动荡与变革交织的"少年中国"，感受失望与希望并存的迷茫与坚韧。

　　当时，辛亥革命已过去多年，广大农村的革命还停留在阿Q式的革命阶段，经济破产，招牌依旧，鲁四老爷们还在用陈腐的封建礼教维持他们的身份地位，祥林嫂们只能痛苦麻木地活着，阿Q捣乱之后，只能被"大团圆"。革命之后高高在上的还是举人、假洋鬼子之流。在这样的大环境下，鲁迅对革命前途充满了忧虑，"感到寂寞""荒凉"，但是他仍然"一面总结过去的经验，寻找新的战友，部署新的战斗"。如果把当时中国的文化变革舞台比作一场运动会比赛的话，鲁迅先生显然把自己看作"啦啦队"，热情地为"选手"（先驱者）呐喊助威。因此，尽管看到如此之多让他失望的严酷事实，他仍然要在革命者夏瑜的坟上填一个花环。

　　"路漫漫其修远兮，吾将上下而求索"，鲁迅在《彷徨》序言中引用了屈原的名句，也表现了他在彷徨中仍保存着旺盛的斗志和对探索未来更美好世界的韧性与希望。鲁迅正视他的生存世界的残酷，但是不妨碍他充满信心地说："还有光。"

鲁迅的小说，不仅为我们描绘了清末民初中国社会的众生故事，而且通过故事中一个个鲜活的人物形象，表达了自己内心的呐喊与彷徨，对中国变革的失望与希望。从自己最熟悉的生活与人写起，不仅是纪实文学的需要，更是虚构文学的基础。丰富的生活素材积累、对于社会人生持续的热情关注、对社会现象的独立思考（彷徨）、为表达自己世界观而不吐不快（呐喊）的愿望，都是我们文学创作道路上必需的修炼。追逐鲁迅的文学脚步，虽然过程充满荆棘，但也绝对充满阳光。

目录

001 / 孔乙己

017 / 药

041 / 明天

061 / 阿Q正传

155 / 祝福

195 / 示众

孔乙己

他,是混在短衣帮里站着喝酒的长衫客;他,是偷了别人家书却强辩"窃书不算偷"的穷酸秀才;他,是分给邻居小孩每人一粒茴香豆的善良老头儿……他的存在,只是供人取笑,他的消失,却无人关心。这是一个贫贱而悲哀的"多余人",他就是——孔乙己。

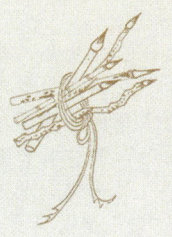

⊙现绍兴当地咸亨酒店粉板(取自《孔乙己》)

【读书知味】

　　一个酒店,就是一个小社会,曲尺形柜台外站着喝酒的是"短衣帮",隔壁坐着喝的是长衫客,这也代表了底层劳动人民和中高层的乡绅、知识分子两个阶层。"短衣帮"和"长衫客"形成了一对典型的对仗,短衣帮是站着喝,长衫客则是"踱"到隔壁坐着喝。一个"踱"字勾勒出长衫客慢悠悠、文绉绉的情态。

>>

孔乙己[1]

鲁镇的酒店的格局,是和别处不同的:都是当街一个曲尺形的大柜台,柜里面预备着热水,可以随时温酒。做工的人,傍午傍晚散了工,每每花四文铜钱,买一碗酒,——这是二十多年前的事,现在每碗要涨到十文,——靠柜外站着,热热的喝了休息;倘肯多花一文,便可以买一碟盐煮笋,或者茴香豆,做下酒物了,如果出到十几文,那就能买一样荤菜,但这些顾客,多是短衣帮[2],大抵没有这样阔绰。只有穿长衫的,才踱进店面隔壁的房子里,要酒要菜,慢慢地坐喝。

我从十二岁起,便在镇口的咸亨酒店里当伙计,掌柜说,样子太傻,怕侍候不了长衫主顾,就在外面做点事罢。外面的短衣主顾,虽然容易说话,但唠唠叨叨缠夹不清的也很不少。他们往往要亲眼看着黄酒从坛子里舀出,看过壶子底里有水没有,又亲看将壶子放在热水里,然后放心:在这严重监督之下,羼水也很为难。所以过了几天,掌柜又说我干不了这事。幸亏荐头[3]的情面大,辞退不得,便改为专管温酒的一种无聊职务了。

---

[1] 本篇最初发表于1919年4月《新青年》第六卷第四号。
[2] 短衣帮:指穷苦劳动者。
[3] 荐头:以介绍佣工为业的人,也泛指介绍职业的人。

【读书知味】

"站着喝酒而穿长衫的唯一的人",一句话说出了孔乙己地位的尴尬。彰显他"读书人"身份的长衫,却是从来不洗、不补的破烂货,既证明他做事懒惰,也表明他不肯放下读书人的架子,因此之乎者也既是他读书人的本能,也是他彰显自己读书人身份的手段。 >>

⊙ 鲁迅收藏的部分古钱币

我从此便整天的站在柜台里，专管我的职务。虽然没有什么失职，但总觉有些单调，有些无聊。掌柜是一副凶脸孔，主顾也没有好声气①，教人活泼不得；只有孔乙己到店，才可以笑几声，所以至今还记得。

孔乙己是站着喝酒而穿长衫的唯一的人。他身材很高大；青白脸色，皱纹间时常夹些伤痕；一部乱蓬蓬的花白的胡子。穿的虽然是长衫，可是又脏又破，似乎十多年没有补，也没有洗。他对人说话，总是满口之乎者也，教人半懂不懂的。因为他姓孔，别人便从描红纸②上的"上大人孔乙己"这半懂不懂的话里，替他取下一个绰号，叫作孔乙己。孔乙己一到店，所有喝酒的人便都看着他笑，有的叫道，"孔乙己，你脸上又添上新伤疤了！"他不回答，对柜里说，"温两碗酒，要一碟茴香豆。"便排出九文大钱。他们又故意的高声嚷道，"你一定又偷了人家的东西了！"孔乙己睁大眼睛说，"你怎么这样凭空污人清白……""什么清白？我前天亲眼见你偷了何家的书，吊着打。"孔乙己便涨红了脸，额上的青筋条条绽出，争辩道，"窃书不能算偷……窃书！……读书人的事，能算偷么？"接连便是难懂的话，什么"君子固穷"③，什么"者乎"之类，引得众人都哄笑起来：店内外充满了快活的空气。

---

① 声气：这里指态度。
② 描红纸：一种印有红色楷字，供儿童摹写毛笔字用的字帖。旧时最通行的一种，印有"上大人孔（明代以前作丘）乙己化三千七十士尔小生八九子佳作仁可知礼也"这样一些笔划简单、三字一句和似通非通的文字。
③ "君子固穷"：语见《论语·卫灵公》。"固穷"即"固守其穷"，不以穷困而改变操守的意思。

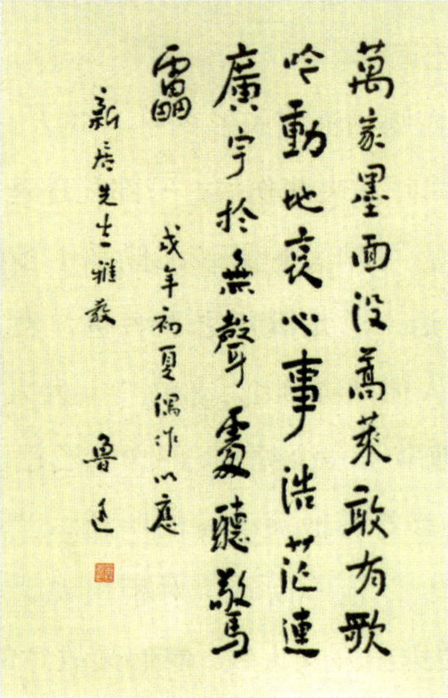

○鲁迅书法《无题》

【读书知味】

　　本来地位高高在上的读书人，生活却如此潦倒，孔乙己的这种反差让掌柜和短衣帮有了一种比较之下的满足感。孔乙己从不拖欠，则显示出他近于迂腐的老实，这种人畜无害的脾气，也让这些酒客可以肆无忌惮地取笑而不用付出代价。在这一段看似"其乐融融"的欢笑中，国民的冷漠、麻木、欺软怕硬、气人有笑人无的"精神胜利法"被生动地揭露出来。

〉〉

听人家背地里谈论，孔乙己原来也读过书，但终于没有进学①，又不会营生；于是愈过愈穷，弄到将要讨饭了。幸而写得一笔好字，便替人家钞钞书，换一碗饭吃。可惜他又有一样坏脾气，便是好喝懒做。坐不到几天，便连人和书籍纸张笔砚，一齐失踪。如是几次，叫他钞书的人也没有了。孔乙己没有法，便免不了偶然做些偷窃的事。但他在我们店里，品行却比别人都好，就是从不拖欠；虽然间或没有现钱，暂时记在粉板上，但不出一月，定然还清，从粉板上拭去了孔乙己的名字。

孔乙己喝过半碗酒，涨红的脸色渐渐复了原，旁人便又问道，"孔乙己，你当真认识字么？"孔乙己看着问他的人，显出不屑置辩的神气。他们便接着说道，"你怎的连半个秀才也捞不到呢？"孔乙己立刻显出颓唐不安模样，脸上笼上了一层灰色，嘴里说些话；这回可是全是之乎者也之类，一些不懂了。在这时候，众人也都哄笑起来：店内外充满了快活的空气。

在这些时候，我可以附和着笑，掌柜是决不责备的。而且掌柜见了孔乙己，也每每这样问他，引人发笑。孔乙己自己知道不能和他们谈天，便只好向孩子说话。有一回对我说道，"你读过书么？"我略略点一点头。他说，"读过书，……我便考你一考。茴香豆的茴字，怎样写的？"我想，讨饭一样的人，也配考我么？便回过脸去，不再理会。孔乙己等了许久，很恳切的说道，"不能写罢？……我教给你，记着！这些字应该记着。

---

① 进学：明清科举制度，童生经过县考初试，府考复试，再参加由学政主持的院考（道考），考取的列名府、县学籍，叫进学，也就成了秀才。又规定每三年举行一次乡试（省一级考试），由秀才或监生应考，取中的就是举人。

⊙ 一碟茴香豆

【读书知味】

　　"孔乙己是这样的使人快活,可是没有他,别人也便这么过"这句是点睛之笔,说明孔乙己在别人眼中只是一个可有可无的笑料,没有人会真正关心他。唯一"惦记"孔乙己的掌柜,还是因为那笔欠了十九个钱的酒账。人与人之间的隔膜、冷漠,竟然到了如此触目惊心的地步。　>>

将来做掌柜的时候,写账要用。"我暗想我和掌柜的等级还很远呢,而且我们掌柜也从不将茴香豆上账;又好笑,又不耐烦,懒懒的答他道,"谁要你教,不是草头底下一个来回的回字么?"孔乙己显出极高兴的样子,将两个指头的长指甲敲着柜台,点头说,"对呀对呀!……回字有四样写法[1],你知道么?"我愈不耐烦了,努着嘴走远。孔乙己刚用指甲蘸了酒,想在柜上写字,见我毫不热心,便又叹一口气,显出极惋惜的样子。

有几回,邻舍孩子听得笑声,也赶热闹,围住了孔乙己。他便给他们茴香豆吃,一人一颗。孩子吃完豆,仍然不散,眼睛都望着碟子。孔乙己着了慌,伸开五指将碟子罩住,弯腰下去说道,"不多了,我已经不多了。"直起身又看一看豆,自己摇头说,"不多不多!多乎哉?不多也。"于是这一群孩子都在笑声里走散了。

孔乙己是这样的使人快活,可是没有他,别人也便这么过。

有一天,大约是中秋前的两三天,掌柜正在慢慢的结账,取下粉板,忽然说,"孔乙己长久没有来了。还欠十九个钱呢!"我才也觉得他的确长久没有来了。一个喝酒的人说道,"他怎么会来?……他打折了腿了。"掌柜说,"哦!""他总仍旧是偷。这一回,是自己发昏,竟偷到丁举人家里去了。他家的东西,偷得的么?""后来怎么样?""怎么样?先写服辩[2],后来是打,打了大半夜,再打折了腿。""后来呢?""后来打折了

---

[1] 回字有四样写法:"回"字通常只有三种写法:"回""囘""囬",第四种写作"圖"(见《康熙字典·备考》),极少见。
[2] 服辩:又作"伏辩",即认罪书。

⊙《呐喊》初版封面

【读书知味】

　　原来是直接走到柜台前,现在却坐在门槛上,证明腿被打折后,却没有钱治疗;以前是在柜台上"排"出几文大钱,现在却是在怀里"摸"出几文钱,反映了他状态的颓丧,也显示他身体的衰弱与经济的窘迫;而标明他读书人身份的长衫,这时候却换成了破夹袄,甚至他原来面对偷窃指责时的理直气壮的辩驳,也变成了声音衰弱、气息短促的呓语。尤其是那双满是污泥的手,更显出他的悲惨处境。如此场景酒客还笑得出来,这是另一番的残酷。　　　　　　》》

腿了。""打折了怎样呢?""怎样?……谁晓得?许是死了。"掌柜也不再问,仍然慢慢的算他的账。

中秋过后,秋风是一天凉比一天,看看将近初冬;我整天的靠着火,也须穿上棉袄了。一天的下半天,没有一个顾客,我正合了眼坐着。忽然间听得一个声音,"温一碗酒。"这声音虽然极低,却很耳熟。看时又全没有人。站起来向外一望,那孔乙己便在柜台下对了门槛坐着。他脸上黑而且瘦,已经不成样子;穿一件破夹袄,盘着两腿,下面垫一个蒲包,用草绳在肩上挂住;见了我,又说道,"温一碗酒。"掌柜也伸出头去,一面说,"孔乙己么?你还欠十九个钱呢!"孔乙己很颓唐的仰面答道,"这……下回还清罢。这一回是现钱,酒要好。"掌柜仍然同平常一样,笑着对他说,"孔乙己,你又偷了东西了!"但他这回却不十分分辩,单说了一句"不要取笑!""取笑?要是不偷,怎么会打断腿?"孔乙己低声说道,"跌断,跌,跌……"他的眼色,很像恳求掌柜,不要再提。此时已经聚集了几个人,便和掌柜都笑了。我温了酒,端出去,放在门槛上。他从破衣袋里摸出四文大钱,放在我手里,见他满手是泥,原来他便用这手走来的。不一会,他喝完酒,便又在旁人的说笑声中,坐着用这手慢慢走去了。

自此以后,又长久没有看见孔乙己。到了年关①,掌柜取下粉板说,"孔乙己还欠十九个钱呢!"到第二年的端午,又说"孔

---

① 年关:年底。旧例在农历年底结账,欠租、负债的人觉得过年像过关一样难,所以称为"年关"。下文的端午和中秋也是结账的期限。

⊙绍兴城内都昌坊口原貌,鲁迅故居新台门所在地

【读书知味】

　　再一次提到掌柜对孔乙己的"惦念"——只因为那十九个钱的酒账。最后的孔乙己"的确"是死了,大有深意,面对如此冷酷的社会环境,一个被打断腿的穷酸文人,还有什么活路呢?掌柜的念念不忘,反而更强化了这种冷漠的感觉,是看似"有情"中的"无情"。

>>

乙己还欠十九个钱呢！"到中秋可是没有说，再到年关也没有看见他。

我到现在终于没有见——大约孔乙己的确死了。

一九一九年三月。①

---

① 据本篇发表时的作者《附记》，本文应该是写于1918年冬天。本篇最初发表时未署写作日期，现在篇末的日期是作者在编集时补记的。

妙笔寻味

  《孔乙己》是鲁迅抨击腐朽的科举制度和冷漠的国民性的杰作,孔乙己这一形象也成为现代文学史上的经典形象之一,被法国、日本等多国搬上戏剧舞台,以《孔乙己》为题材的课本剧,也成为众多中学首选的演出剧目。为什么这篇并没有什么激烈的戏剧冲突的小说,会频频得到戏剧舞台的青睐呢?我们重点来看看它的场景设置。

  这篇小说场景设置非常具有戏剧舞台安排的特点:作者把绍兴这座小城的咸亨酒店作为故事展开的中心舞台,孔乙己一生的经历、遭遇,就以这个"舞台"为中心展现。同时,作者设定了一个基本处于"局外"的观察者——小伙计的角色,通过他的视角,以旁观者的口吻展开叙述。孔乙己科举场上的失意、生活的落魄、偷窃的被打、最后的重伤,通过他在酒店中的穿衣打扮、行动语言展现出来。这种调配方式，省去了多个故事场景的描写空间，让孔乙己的一生巧妙地浓缩于酒馆这一特殊的场景中，得以全面、集中地展现。此外，酒店中的酒客也为孔乙己提供了众多的"配角"和"群众演员"，不仅通过他们的行为，对主角孔乙己做了有效的衬托，同时借他们之口，为孔乙己无法在酒店中展现的生活做了补充（比如偷窃和被打）。

试想一下，如果按常规的叙述方式，我们要写孔乙己的科场失意、在各家频频偷窃，还要写他在丁举人家的遭遇……这样多场景的写作，是不是很容易让文章结构趋于松散？而集中场景的写作让小说创作有着更为高效的叙事效率。

我们在老舍先生的《茶馆》、曹禺先生的《日出》中也能看到类似的处理，通过茶馆、旅馆这样社会各类阶层人物出没的场所展开故事情节。尽管舞台单一，但酒店、茶馆、旅馆这些作为社会各阶层重要的社交场所，顾客的言行本身就是社会的缩影。所以咸亨酒店中酒客的所作所为，本身就有很强的社会代表性，对他们的揭露与批判，让这个舞台就有了很强的社会代表性。相对有限的空间，也让这个舞台上的人物有了更多交集的可能性，从而也让故事情节发展更为紧凑，人物冲突更为集中，戏剧效果更为精彩。

在《孔乙己》的舞台调配方面，作者巧妙地在柜台前站着喝酒的"短衣帮"之外,安排了踱到酒店旁边屋里坐喝的"长衫客"群体,孔乙己则是兼有两个"舞台"角色特点的人物。这两个副舞台通过孔乙己有机地结合在了一起,让这篇小说除了对"短衣帮"的批判外,也对那些坐喝的"长衫客"进行了无情的揭露。

孔乙己身上的懒惰,做错事还用一些"文雅"的之乎者也粉饰,在"短衣帮"看来是笑料,在"长衫客"的身上难道就没有这些毛病吗?孔乙己的被打,虽然有他咎由自取、屡犯不改的成分,但是这样几乎断送他性命的毒打,是他这种小偷小摸的罪该承受的吗?孔乙己这样的读书人之所以一生甘心投身于"科举",要获得的无非就是生杀予夺的经济权和话语权。

作者用舞台区别阶层,又用人物的命运把各个阶层联系到一起,从而让本文有了更为深刻的社会批判意义。

请设置一个固定场所,然后描写一个人物在这个场所内的行为和语言发生的前后变化,以此表现人物的生活处境的变化。

药

小说中,看似有病的只有得了"痨病"的华小栓,但是被一个人血馒头,串起的华家和夏家,串起的刽子手康大叔、牢监红眼睛阿义和茶馆里的花白胡子、二十多岁的人……谁又是一个健康的人呢?面对一个大家都有病的社会,难怪鲁迅先生一向主张"揭出病苦,引起疗救的注意"!

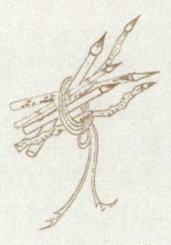

⊙秋瑾,夏瑜原型之一

【读书知味】

  无论是华大妈的"掏了半天",还是老栓的"抖抖的""又在外面按了两下",都说明这笔钱对于这个贫穷的家庭来说无疑是一笔"巨款",因此这家人拿出这笔钱才如此小心翼翼、珍而重之。尽管如此,他们仍然把钱拿了出来。老栓拿着钱在这样一个月黑风高之夜出门,为本文设置了悬念。

药[①]

一

秋天的后半夜,月亮下去了,太阳还没有出,只剩下一片乌蓝的天;除了夜游的东西,什么都睡着。华老栓忽然坐起身,擦着火柴,点上遍身油腻的灯盏,茶馆的两间屋子里,便弥满了青白的光。

"小栓的爹,你就去么?"是一个老女人的声音。里边的小屋子里,也发出一阵咳嗽。

"唔。"老栓一面听,一面应,一面扣上衣服;伸手过去说,"你给我罢。"

华大妈在枕头底下掏了半天,掏出一包洋钱[②],交给老栓,老栓接了,抖抖的装入衣袋,又在外面按了两下;便点上灯笼,吹熄灯盏,走向里屋子去了。那屋子里面,正在窸窸窣窣的响,接着便是一通咳嗽。老栓候他平静下去,才低低的叫道,"小栓……你不要起来。……店么?你娘会安排的。"

---

① 本篇最初发表于1919年5月《新青年》第六卷第五号。
② 洋钱:指银元。银元最初是从外国流入我国的,所以俗称洋钱;我国自清代后期开始自铸银元,但民间仍沿用这个旧称。

⊙王金发,辛亥革命胜利后绍兴军政府都督。秋瑾死后,王金发曾抓住告密的谋主,但后来被迫释放了,最后王金发自己也被此人杀害

【读书知味】

　　"灯光照着他的两脚",又是"比屋子里冷得多了"的空气,本应让人感觉阴森恐怖的氛围,老栓却觉得"爽快",然后"变了少年""得了神通""跨步格外高远",说明老栓怀抱救命稻草的热切。眼前的路"愈走愈分明,天也愈走愈亮"既实写后半夜到天明的过程,也是在写老栓充满希冀的心情。　　>>

老栓听得儿子不再说话，料他安心睡了；便出了门，走到街上。街上黑沉沉的一无所有，只有一条灰白的路，看得分明。灯光照着他的两脚，一前一后的走。有时也遇到几只狗，可是一只也没有叫。天气比屋子里冷得多了；老栓倒觉爽快，仿佛一旦变了少年，得了神通，有给人生命的本领似的，跨步格外高远。而且路也愈走愈分明，天也愈走愈亮了。

老栓正在专心走路，忽然吃了一惊，远远里看见一条丁字街，明明白白横着。他便退了几步，寻到一家关着门的铺子，蹩进檐下，靠门立住了。好一会，身上觉得有些发冷。

"哼，老头子。"

"倒高兴……。"

老栓又吃一惊，睁眼看时，几个人从他面前过去了。一个还回头看他，样子不甚分明，但很像久饿的人见了食物一般，眼里闪出一种攫取的光。老栓看看灯笼，已经熄了。按一按衣袋，硬硬的还在。仰起头两面一望，只见许多古怪的人，三三两两，鬼似的在那里徘徊；定睛再看，却也看不出什么别的奇怪。

没有多久，又见几个兵，在那边走动；衣服前后的一个大白圆圈，远地里也看得清楚，走过面前的，并且看出号衣①上暗红色的镶边。——一阵脚步声响，一眨眼，已经拥过了一大簇人。那三三两两的人，也忽然合作一堆，潮一般向前赶；将到丁字街口，便突然立住，簇成一个半圆。

老栓也向那边看，却只见一堆人的后背；颈项都伸得很长，

---

① 号衣：指清朝士兵的军衣，前后胸都缀有一块圆形白布，上有"兵"或"勇"字样。

【读书知味】

　　一个浑身黑色的人，更衬托出滴着鲜红色鲜血的馒头恐怖的视觉冲击力。黑色的人的动作"抢过""一把扯下""裹""塞""一手抓过""捏一捏"，都是很果断的动作，透露着他的残酷与贪婪。对比之下，老栓"慌忙""抖抖的""又不敢"，这样的表现固然是因为这笔钱对他的家很重要，同时也是这样的恐怖场面带给他惊魂未定感觉的真实写照。　》》

⊙ 秋瑾故居后园

仿佛许多鸭，被无形的手捏住了的，向上提着。静了一会，似乎有点声音，便又动摇起来，轰的一声，都向后退；一直散到老栓立着的地方，几乎将他挤倒了。

"喂！一手交钱，一手交货！"一个浑身黑色的人，站在老栓面前，眼光正像两把刀，刺得老栓缩小了一半。那人一只大手，向他摊着；一只手却撮着一个鲜红的馒头①，那红的还是一点一点的往下滴。

老栓慌忙摸出洋钱，抖抖的想交给他，却又不敢去接他的东西。那人便焦急起来，嚷道，"怕什么？怎的不拿！"老栓还踌躇着；黑的人便抢过灯笼，一把扯下纸罩，裹了馒头，塞与老栓；一手抓过洋钱，捏一捏，转身去了。嘴里哼着说，"这老东西……。"

"这给谁治病的呀？"老栓也似乎听得有人问他，但他并不答应；他的精神，现在只在一个包上，仿佛抱着一个十世单传的婴儿，别的事情，都已置之度外了。他现在要将这包里的新的生命，移植到他家里，收获许多幸福。太阳也出来了；在他面前，显出一条大道，直到他家中，后面也照见丁字街头破匾上"古□亭口"②这四个黯淡的金字。

---

① 鲜红的馒头：即蘸有人血的馒头。旧时迷信，以为人血可以医治肺痨，刽子手便借此骗取钱财。
② "古□亭口"：可念作"古某亭口"。□，是文章里表示缺文的记号，作者是有意这样写的。浙江省绍兴县城内的轩亭口有一牌楼，匾上题有"古轩亭口"四个字。清末女革命党人秋瑾于1907年在这里就义。本篇里夏瑜这个人物，一般认为是作者以秋瑾和其他一些革命党人的若干经历为素材而塑造出来的。

⊙ 邹容《革命军》

【读书知味】

　　额上滚下大粒的汗,夹袄贴住了脊心,高高凸出的两块肩胛骨,印成一个阳文的"八"字,勾勒出一个饱受病魔折磨的瘦弱可怜的少年形象。正是痛在儿身上,疼在爹娘心,从老栓的视角来看这些细节,让读者感受到爹娘那种揪心的疼痛。华大妈急急走出,发抖的嘴唇,让我们看到老栓夫妇把人血馒头已经当作解除孩子病痛最后的救命稻草。这也就能够让读者理解,尽管充满恐惧,老栓还要战战兢兢拿回人血馒头的原因。

>>

二

老栓走到家，店面早经收拾干净，一排一排的茶桌，滑溜溜的发光。但是没有客人；只有小栓坐在里排的桌前吃饭，大粒的汗，从额上滚下，夹袄也帖住了脊心，两块肩胛骨高高凸出，印成一个阳文①的"八"字。老栓见这样子，不免皱一皱展开的眉心。他的女人，从灶下急急走出，睁着眼睛，嘴唇有些发抖。

"得了么？"

"得了。"

两个人一齐走进灶下，商量了一会；华大妈便出去了，不多时，拿着一片老荷叶回来，摊在桌上。老栓也打开灯笼罩，用荷叶重新包了那红的馒头。小栓也吃完饭，他的母亲慌忙说：

"小栓——你坐着，不要到这里来。"

一面整顿了灶火，老栓便把一个碧绿的包，一个红红白白的破灯笼，一同塞在灶里；一阵红黑的火焰过去时，店屋里散满了一种奇怪的香味。

"好香！你们吃什么点心呀？"这是驼背五少爷到了。这人每天总在茶馆里过日，来得最早，去得最迟，此时恰恰蹩到临街的壁角的桌边，便坐下问话，然而没有人答应他。"炒米粥么？"仍然没有人应。老栓匆匆走出，给他泡上茶。

"小栓进来罢！"华大妈叫小栓进了里面的屋子，中间放好一条凳，小栓坐了。他的母亲端过一碟乌黑的圆东西，轻轻说：

"吃下去罢，——病便好了。"

---

① 阳文：刻在器物上的文字，笔画凸起的叫阳文，笔画凹下的叫阴文。

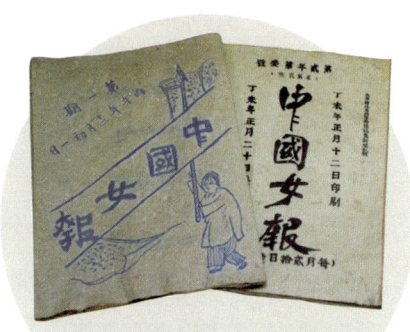

⊙ 秋瑾创办的《中国女报》的封面

【读书知味】

　　"吃下去罢,——病便好了""睡一会罢,——便好了"这两句前后呼应,结构相似,却有细微的差别:先是希望吃下去人血馒头,病就能好,但是孩子的咳嗽显然击碎了这种幻想;后边又希望睡一会儿便好了,这里没有了"病"字,暗示老栓夫妇对人血馒头治病的效力已经产生怀疑。　　　　　　　　　>>

小栓撮起这黑东西，看了一会，似乎拿着自己的性命一般，心里说不出的奇怪。十分小心的拗开了，焦皮里面窜出一道白气，白气散了，是两半个白面的馒头。——不多工夫，已经全在肚里了，却全忘了什么味；面前只剩下一张空盘。他的旁边，一面立着他的父亲，一面立着他的母亲，两人的眼光，都仿佛要在他身里注进什么又要取出什么似的；便禁不住心跳起来，按着胸膛，又是一阵咳嗽。

"睡一会罢，——便好了。"

小栓依他母亲的话，咳着睡了。华大妈候他喘气平静，才轻轻的给他盖上了满幅补钉的夹被。

三

店里坐着许多人，老栓也忙了，提着大铜壶，一趟一趟的给客人冲茶；两个眼眶，都围着一圈黑线。

"老栓，你有些不舒服么？——你生病么？"一个花白胡子的人说。

"没有。"

"没有？——我想笑嘻嘻的，原也不像……"花白胡子便取消了自己的话。

"老栓只是忙。要是他的儿子……"驼背五少爷话还未完，突然闯进了一个满脸横肉的人，披一件玄色布衫，散着纽扣，用很宽的玄色腰带，胡乱捆在腰间。刚进门，便对老栓嚷道：

"吃了么？好了么？老栓，就是运气了你！你运气，要不是我信息灵……。"

⊙徐锡麟，夏瑜原型之一

【读书知味】

　　前文的黑衣人登场：刽子手提高了嗓音的叫嚷与孩子的咳嗽有如"合奏"，刽子手脱口而出的"痨病"显露的无情，与病儿一家的不幸又形成对比，这一切组成了莫大的讽刺——一个代表死亡的无情刽子手，竟然成为为病儿一家带来"药"的"救星"。由此我们也能理解为什么作者让这个刽子手姓"健康"的"康"了。　　>>

老栓一手提了茶壶，一手恭恭敬敬的垂着；笑嘻嘻的听。满座的人，也都恭恭敬敬的听。华大妈也黑着眼眶，笑嘻嘻的送出茶碗茶叶来，加上一个橄榄，老栓便去冲了水。

"这是包好！这是与众不同的。你想，趁热的拿来，趁热吃下。"横肉的人只是嚷。

"真的呢，要没有康大叔照顾，怎么会这样……"华大妈也很感激的谢他。

"包好，包好！这样的趁热吃下。这样的人血馒头，什么痨病都包好！"

华大妈听到"痨病"这两个字，变了一点脸色，似乎有些不高兴；但又立刻堆上笑，搭赸①着走开了。这康大叔却没有觉察，仍然提高了喉咙只是嚷，嚷得里面睡着的小栓也合伙咳嗽起来。

"原来你家小栓碰到了这样的好运气了。这病自然一定全好；怪不得老栓整天的笑着呢。"花白胡子一面说，一面走到康大叔面前，低声下气的问道，"康大叔——听说今天结果的一个犯人，便是夏家的孩子，那是谁的孩子？究竟是什么事？"

"谁的？不就是夏四奶奶的儿子么？那个小家伙！"康大叔见众人都耸起耳朵听他，便格外高兴，横肉块块饱绽，越发大声说，"这小东西不要命，不要就是了。我可是这一回一点没有得到好处；连剥下来的衣服，都给管牢的红眼睛阿义拿去了。——第一要算我们栓叔运气；第二是夏三爷赏了二十五两

---

① 搭赸(shàn)：现在写作"搭讪"。为了跟人接近或把尴尬的局面敷衍过去而找话说。

⊙浙江两级师范学堂参加反对学堂监督夏震武斗争的全体教师合影

【读书知味】

　　革命者姓夏,和华大妈的姓合起来就是"华夏",这两个姓有着强烈的隐喻意味。"这大清的天下是我们大家的"这句话,在现在看来是再正常不过的事实,但是在那个年代,却被普通百姓视作不正常的疯话。　　　　　　　　　　　　　　>>

雪白的银子,独自落腰包,一文不花。"

小栓慢慢的从小屋子走出,两手按了胸口,不住的咳嗽;走到灶下,盛出一碗冷饭,泡上热水,坐下便吃。华大妈跟着他走,轻轻的问道,"小栓,你好些么?——你仍旧只是肚饿?……"

"包好,包好!"康大叔瞥了小栓一眼,仍然回过脸,对众人说,"夏三爷真是乖角儿①,要是他不先告官,连他满门抄斩。现在怎样?银子!——这小东西也真不成东西!关在牢里,还要劝牢头造反。"

"阿呀,那还了得。"坐在后排的一个二十多岁的人,很现出气愤模样。

"你要晓得红眼睛阿义是去盘盘底细的,他却和他攀谈了。他说:这大清的天下是我们大家的。你想:这是人话么?红眼睛原知道他家里只有一个老娘,可是没有料到他竟会那么穷,榨不出一点油水,已经气破肚皮了。他还要老虎头上搔痒,便给他两个嘴巴!"

"义哥是一手好拳棒,这两下,一定够他受用了。"壁角的驼背忽然高兴起来。

"他这贱骨头打不怕,还要说可怜可怜哩。"

花白胡子的人说,"打了这种东西,有什么可怜呢?"

康大叔显出看他不上的样子,冷笑着说,"你没有听清我的话;看他神气,是说阿义可怜哩!"

---

① 乖角儿:机灵人。这里指善于看风使舵的人。

【读书知味】

　　自己要牺牲了,却在叹息施暴者的可怜,从这一回忆,我们能看到革命者夏瑜大无畏的可贵品质。这样残酷的事情,却被普通百姓当作笑话的谈资,那些"听众"不断附和的"疯了",让我们看到比革命者的牺牲更为残酷的悲剧——他的牺牲不被普通百姓理解。　　　　　　>>

⊙ 绍兴秋瑾墓前雕像

听着的人的眼光，忽然有些板滞；话也停顿了。小栓已经吃完饭，吃得满身流汗，头上都冒出蒸气来。

"阿义可怜——疯话，简直是发了疯了。"花白胡子恍然大悟似的说。

"发了疯了。"二十多岁的人也恍然大悟的说。

店里的坐客，便又现出活气，谈笑起来。小栓也趁着热闹，拚命咳嗽；康大叔走上前，拍他肩膀说：

"包好！小栓——你不要这么咳。包好！"

"疯了。"驼背五少爷点着头说。

四

西关外靠着城根的地面，本是一块官地；中间歪歪斜斜一条细路，是贪走便道的人，用鞋底造成的，但却成了自然的界限。路的左边，都埋着死刑和瘐毙①的人，右边是穷人的丛冢。两面都已埋到层层叠叠，宛然阔人家里祝寿时候的馒头。

这一年的清明，分外寒冷；杨柳才吐出半粒米大的新芽。天明未久，华大妈已在右边的一坐新坟前面，排出四碟菜，一碗饭，哭了一场。化过纸②，呆呆的坐在地上；仿佛等候什么似的，但自己也说不出等候什么。微风起来，吹动他短发，确乎比去年白得多了。

小路上又来了一个女人，也是半白头发，褴褛的衣裙；提

---

① 瘐（yǔ）毙：古代指犯人在监狱中因饥寒而死，后来也泛指在监狱中病死。
② 化过纸：纸指纸钱，一种迷信用品，旧俗认为把它火化后可供死者在"阴间"使用。

⊙鲁迅曾刻"戎马书生"印一方,表达了他"投笔从戎""捐躯杀敌"的报国壮志

【读书知味】

　　革命者坟头的红白相间的花环,在这一黯淡场景中,显得尤为鲜艳和卓尔不群。这个花环是作者有意加进去的亮色,他在《〈呐喊〉自序》里,说这是"平空添上"的,是为了"慰藉那在寂寞里奔驰的猛士"。同时,这花环也给予读者对未来的希望。　　　>>

一个破旧的朱漆圆篮，外挂一串纸锭，三步一歇的走。忽然见华大妈坐在地上看他，便有些踌躇，惨白的脸上，现出些羞愧的颜色；但终于硬着头皮，走到左边的一坐坟前，放下了篮子。

那坟与小栓的坟，一字儿排着，中间只隔一条小路。华大妈看他排好四碟菜，一碗饭，立着哭了一通，化过纸锭；心里暗暗地想，"这坟里的也是儿子了。"那老女人徘徊观望了一回，忽然手脚有些发抖，跄跄踉踉退下几步，瞪着眼只是发怔。

华大妈见这样子，生怕他伤心到快要发狂了；便忍不住立起身，跨过小路，低声对他说，"你这位老奶奶不要伤心了，——我们还是回去罢。"

那人点一点头，眼睛仍然向上瞪着；也低声吃吃的说道，"你看，——看这是什么呢？"

华大妈跟了他指头看去，眼光便到了前面的坟，这坟上草根还没有全合，露出一块一块的黄土，煞是难看。再往上仔细看时，却不觉也吃一惊；——分明有一圈红白的花，围着那尖圆的坟顶。

他们的眼睛都已老花多年了，但望这红白的花，却还能明白看见。花也不很多，圆圆的排成一个圈，不很精神，倒也整齐。华大妈忙看他儿子和别人的坟，却只有不怕冷的几点青白小花，零星开着；便觉得心里忽然感到一种不足和空虚，不愿意根究。那老女人又走近几步，细看了一遍，自言自语的说，"这没有根，不像自己开的。——这地方有谁来呢？孩子不会来玩；——亲戚本家早不来了。——这是怎么一回事呢？"他想了又想，忽又流下泪来，大声说道：

⊙鲁迅藏德国版画家珂勒惠支作《德国的孩子饿着》

【读书知味】

　　知子莫若母，但夏瑜的母亲，也不能理解孩子的选择，执着地认为孩子是被冤枉而死。支支直立、有如铜丝的枯草，在笔直的树枝间铁铸一般站立的乌鸦，渲染了周围气氛的死寂、诡异。乌鸦没有应夏母之邀飞到坟头，而是箭也似的飞去了，暗示革命者尽管不被理解，仍要坚决前行的精神。选择乌鸦这样的"恶鸟"作为革命者的"代言鸟"，绝不是对革命者的贬低，恰恰是赞赏——能唱出反调的"无情"的乌鸦，才真正代表了社会的希望。

>>

"瑜儿，他们都冤枉了你，你还是忘不了，伤心不过，今天特意显点灵，要我知道么？"他四面一看，只见一只乌鸦，站在一株没有叶的树上，便接着说，"我知道了。——瑜儿，可怜他们坑了你，他们将来总有报应，天都知道；你闭了眼睛就是了。——你如果真在这里，听到我的话，——便教这乌鸦飞上你的坟顶，给我看罢。"

微风早经停息了；枯草支支直立，有如铜丝。一丝发抖的声音，在空气中愈颤愈细，细到没有，周围便都是死一般静。两人站在枯草丛里，仰面看那乌鸦；那乌鸦也在笔直的树枝间，缩着头，铁铸一般站着。

许多的工夫过去了；上坟的人渐渐增多，几个老的小的，在土坟间出没。

华大妈不知怎的，似乎卸下了一挑重担，便想到要走；一面劝着说，"我们还是回去罢。"

那老女人叹一口气，无精打采的收起饭菜；又迟疑了一刻，终于慢慢地走了。嘴里自言自语的说，"这是怎么一回事呢？……"

他们走不上二三十步远，忽听得背后"哑——"的一声大叫；两个人都竦然的回过头，只见那乌鸦张开两翅，一挫身，直向着远处的天空，箭也似的飞去了。

一九一九年四月。

妙笔寻味

古人云:"文似看山不喜平。"人们读文章犹如看山,高低起伏的山峰引人入胜,平缓单调的山头则让人感觉乏味。这篇小说,就为我们提供了至少两条摆脱乏味的"解决方案"。

一、设置悬念,埋设伏笔

这篇小说以"药"作标题,却没有马上告诉读者这个"药"到底是什么,而是埋下了老栓家有一个病重孩子的伏笔;老栓从半夜起床出门,到他迈着轻快的步伐,又设置了悬念:在这个寒冷之夜,家里还有一个病儿需要照顾,老栓为什么出门?为什么不觉得冷,反而很高兴?接着作者又用恐怖的气氛和老栓的畏缩不前,再一次设置悬念——如此高兴、充满希望地到这里的老栓,为什么害怕起来?黑衣人手拿滴着鲜血的馒头递给老栓的时候,又有悬念产生——如此老实巴交、甚至有点胆小的老栓，为什么在这个月黑风高之夜，壮着胆子来拿一个恐怖的、沾满鲜血的馒头呢？随着情节的发展，这些疑问是一点点为读者揭示出来的，而且每揭示一个悬念，往往又有另一个悬念接踵而至。这样的创作手法，一方面可以吸引读者跟随着作者一步步接近真相，另一方面也是让现实的残酷得以步步深入地揭露，让这样的残酷在读者心里留下深刻的印象。

设置悬念的同时，我们一定要注意"埋好"下文解决悬念的伏笔，就像前文小栓的咳嗽为后文的找"药"埋下伏笔；拿着人血馒头的黑衣人，为后边黑衣人——康大叔再次出场，洋洋得意地说死者之事埋下伏笔；滴着血的馒头为后边小栓吃"药"埋下伏笔；康大叔口中的革命者家的情况，为后来他母亲的出场埋下伏笔。这些伏笔的"埋设"，让悬念的解决更为顺理成章，更为重要的是让文章的故事情节与线索联系更为紧密，情节更为合理，叙事逻辑更为严谨，也就让读者感觉作者的叙事更为真实、生动。

二、双线结构，明暗配合

本文另外一个特殊之处就是双线结构——老栓买药为儿子治病是明线，夏瑜被捕牺牲是暗线，这两条线的联结点就是沾满夏瑜鲜血的人血馒头，也就是小说的标题——"药"。

这篇小说表面看来从头至尾在写老栓一家的遭遇，但是却通过刑场的场面、刽子手及周围人的回忆，重建了夏瑜的为人、死因等信息。最后,通过同样是白发人送黑发人的两位母亲的邂逅,把这两条线交织在了一起。这种双线结构,还用两位死者的母亲的称呼联结在了一起——华大妈和夏四奶奶,暗示了"华夏"的意向。两条线代表了组成华夏民族的两类被损害者——愚昧麻木的穷苦百姓和为了拯救百姓而牺牲的革命者。

在文学创作中,双线结构的设置,会让叙事更为丰满和富有层次感。不过,这种写作手法弄不好会让我们顾此失彼、结构混乱。双线结构的运用最好像本文一样分出明暗两种方式叙述,并找到联结两条线索的点,才能让两条线索配合得当。因此,这样的两条线并行的写法,需要大量、长期的创作实践经验的积累,才能运用自如,事半功倍。

请用设置悬念的手法叙述一个事件,要求设置悬念的同时埋下伏笔,解决悬念时对伏笔有所呼应。

明天

作为一篇不太著名的小说,《明天》写了一个寡妇丧失独子的故事。明天是代表着希望和美好的,单四嫂子每次在黑夜中的等待,都包含着对明天的期待,可是天一亮,现实总会将她前一天晚上的所有希冀全部摧毁,直至宝儿的死,将她的明天全盘否定。在那个无望的年代,明天到底还有多远……

⊙鲁迅藏德国版画家奥托·赫比格作《浴儿图》

【读书知味】

　　在整个鲁镇都睡了的时候,两个没有睡的地方,承载的都是孤寂——咸亨酒店的酒客如果不孤寂,不会夜夜聚在一起喝酒;单四嫂子如果不是孤儿寡母,支撑困难,就不可能深夜还在纺纱。酒客惦记单四嫂子,固然是有非分之想,也还有同是深夜不眠人的自然关注。 >>

明天①

"没有声音,——小东西怎了?"

红鼻子老拱手里擎了一碗黄酒,说着,向间壁努一努嘴。蓝皮阿五便放下酒碗,在他脊梁上用死劲的打了一掌,含含糊糊嚷道:

"你……你你又在想心思……。"

原来鲁镇是僻静地方,还有些古风:不上一更,大家便都关门睡觉。深更半夜没有睡的只有两家:一家是咸亨酒店,几个酒肉朋友围着柜台,吃喝得正高兴;一家便是间壁的单四嫂子,他自从前年守了寡,便须专靠着自己的一双手纺出棉纱来,养活他自己和他三岁的儿子,所以睡的也迟。

这几天,确凿没有纺纱的声音了。但夜深没有睡的既然只有两家,这单四嫂子家有声音,便自然只有老拱们听到,没有声音,也只有老拱们听到。

老拱挨了打,仿佛很舒服似的喝了一大口酒,呜呜的唱起小曲来。

这时候,单四嫂子正抱着他的宝儿,坐在床沿上,纺车静

---

① 本篇最初发表于1919年10月北京《新潮》月刊第二卷第一号。

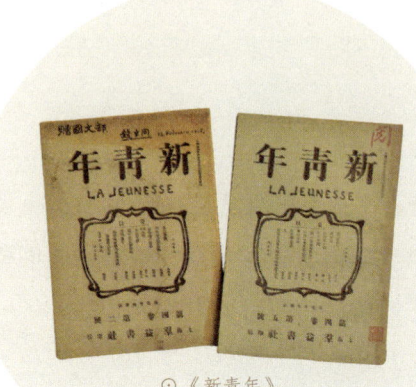

⊙《新青年》

【读书知味】

在单四嫂子眼中,"宝儿的一呼吸,几乎长过一年",孩子呼吸的短促和母亲感受到的时间之长,把一位面对重病孩子的母亲的焦虑、无助的心理刻画得入木三分。"现在居然明亮了",不仅说明母亲因为整夜看护孩子,没有注意时间的流逝,也暗示随着天亮,母亲心里的希望也被点亮了。

>>

静的立在地上。黑沉沉的灯光，照着宝儿的脸，绯红里带一点青。单四嫂子心里计算：神签也求过了，愿心也许过了，单方也吃过了，要是还不见效，怎么好？——那只有去诊何小仙了。但宝儿也许是日轻夜重，到了明天，太阳一出，热也会退，气喘也会平的：这实在是病人常有的事。

单四嫂子是一个粗笨女人，不明白这"但"字的可怕：许多坏事固然幸亏有了他才变好，许多好事却也因为有了他都弄糟。夏天夜短，老拱们呜呜的唱完了不多时，东方已经发白；不一会，窗缝里透进了银白色的曙光。

单四嫂子等候天明，却不像别人这样容易，觉得非常之慢，宝儿的一呼吸，几乎长过一年。现在居然明亮了；天的明亮，压倒了灯光，——看见宝儿的鼻翼，已经一放一收的扇动。

单四嫂子知道不妙，暗暗叫一声"阿呀！"心里计算：怎么好？只有去诊何小仙这一条路了。他虽然是粗笨女人，心里却有决断，便站起身，从木柜子里掏出每天节省下来的十三个小银元和一百八十铜钱，都装在衣袋里，锁上门，抱着宝儿直向何家奔过去。

天气还早，何家已经坐着四个病人了。他摸出四角银元，买了号签，第五个便轮到宝儿。何小仙伸开两个指头按脉，指甲足有四寸多长，单四嫂子暗地纳罕①，心里计算：宝儿该有活命了。但总免不了着急，忍不住要问，便局局促促的说：

"先生，——我家的宝儿什么病呀？"

---

① 纳罕：诧异，惊奇。

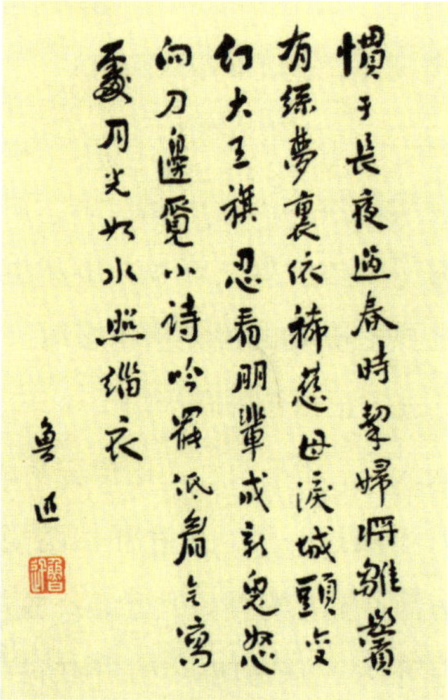

⊙ 鲁迅书法《无题》

【读书知味】

  单四嫂子对孩子病况的焦急、对医生治好孩子的希望、倾其所有看病的决心，这一切和医生的漫不经心、冷漠应付形成了鲜明的对比。孩子反常地攀起小手所拔的，不仅是母亲的头发，也代表这个幼小生命想留在人世的无力挣扎。单四嫂子脚步的沉重，正是她沉重心情外化到肢体上的表现。　>>

"他中焦塞着①。"

"不妨事么?他……"

"先去吃两帖。"

"他喘不过气来,鼻翅子都扇着呢。"

"这是火克金②……"

何小仙说了半句话,便闭上眼睛;单四嫂子也不好意思再问。在何小仙对面坐着的一个三十多岁的人,此时已经开好一张药方,指着纸角上的几个字说道:

"这第一味保婴活命丸,须是贾家济世老店才有!"

单四嫂子接过药方,一面走,一面想。他虽是粗笨女人,却知道何家与济世老店与自己的家,正是一个三角点;自然是买了药回去便宜③了。于是又径向济世老店奔过去。店伙也翘了长指甲慢慢的看方,慢慢的包药。单四嫂子抱了宝儿等着;宝儿忽然擎起小手来,用力拔他散乱着的一绺头发,这是从来没有的举动,单四嫂子怕得发怔。

太阳早出了。单四嫂子抱了孩子,带着药包,越走觉得越重;孩子又不住的挣扎,路也觉得越长。没奈何坐在路旁一家公馆的门槛上,休息了一会,衣服渐渐的冰着肌肤,才知道自己出了一身汗;宝儿却仿佛睡着了。他再起来慢慢地走,仍然支撑不得,耳朵边忽然听得人说:

---

① 中焦塞着:中医用语。指消化不良一类的病症。中焦指上腹脾、胃等器官。
② 火克金:中医用语。中医学用古代五行相生相克的说法来解释病理,认为心、肺、肝、脾、肾五脏与火、金、木、土、水五行相应。火克金,是说"心火"克制了"肺金",引起了呼吸系统的疾病。
③ 便(biàn)宜:方便,便利。

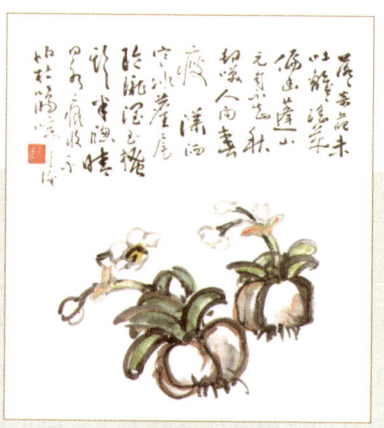

⊙鲁迅好友陈师曾画作

【读书知味】

　　孩子的母亲挣扎着残存的希望,随着孩子额上鼻尖沁出的一粒一粒汗珠,一点一点地破灭。抚摸孩子后,将胶水般粘着的手摸向胸口的下意识的动作,让我们看到了母亲希望通过抹去孩子汗水而抹去失子之痛的潜意识。从如鲠在喉的呜咽到痛快淋漓的嚎啕,由外而内,层层递进,让这一段心理描写既层次丰富,又惊心动魄。　>>

"单四嫂子,我替你抱勃罗!"似乎是蓝皮阿五的声音。

他抬头看时,正是蓝皮阿五,睡眼朦胧的跟着他走。

单四嫂子在这时候,虽然很希望降下一员天将,助他一臂之力,却不愿是阿五。但阿五有点侠气,无论如何,总是偏要帮忙,所以推让了一会,终于得了许可了。他便伸开臂膊,从单四嫂子的乳房和孩子中间,直伸下去,抱去了孩子。单四嫂子便觉乳房上发了一条热,刹时间直热到脸上和耳根。

他们两人离开了二尺五寸多地,一同走着。阿五说些话,单四嫂子却大半没有答。走了不多时候,阿五又将孩子还给他,说是昨天与朋友约定的吃饭时候到了;单四嫂子便接了孩子。幸而不远便是家,早看见对门的王九妈在街边坐着,远远地说话:

"单四嫂子,孩子怎了?——看过先生了么?"

"看是看了。——王九妈,你有年纪,见的多,不如请你老法眼[①]看一看,怎样……"

"唔……"

"怎样……?"

"唔……"王九妈端详了一番,把头点了两点,摇了两摇。

宝儿吃下药,已经是午后了。单四嫂子留心看他神情,似乎仿佛平稳了不少;到得下午,忽然睁开眼叫一声"妈!"又仍然合上眼,像是睡去了。他睡了一刻,额上鼻尖都沁出一粒一粒的汗珠,单四嫂子轻轻一摸,胶水般粘着手;慌忙去摸胸口,

---

[①] 法眼:佛家语。原指菩萨洞察一切的智慧。这里是称许对方有鉴定能力的客气话。

⊙鲁迅为《新生》杂志准备的封面"希望"

【读书知味】

　　泪的完结不是悲伤的结束，而是欲哭无泪的深重的悲痛。大睁着的双眼，透露出内心悲痛到麻木、失去基本意识的状态。连用两个"梦"和两个"好好的"，正说明单四嫂子对失子现实悲痛到无法接受。出于避免崩溃的本能，单四嫂子只能想象这一切都是做梦，一觉醒来孩子就会生龙活虎地跑来，用这种对明天虚幻的"希望"来麻醉自己。　　>>

便禁不住呜咽起来。

宝儿的呼吸从平稳变到没有,单四嫂子的声音也就从呜咽变成号咷。这时聚集了几堆人:门内是王九妈蓝皮阿五之类,门外是咸亨的掌柜和红鼻子老拱之类。王九妈便发命令,烧了一串纸钱;又将两条板凳和五件衣服作抵,替单四嫂子借了两块洋钱,给帮忙的人备饭。

第一个问题是棺木。单四嫂子还有一副银耳环和一支裹金的银簪,都交给了咸亨的掌柜,托他作一个保,半现半赊的买一具棺木。蓝皮阿五也伸出手来,很愿意自告奋勇;王九妈却不许他,只准他明天抬棺材的差使,阿五骂了一声"老畜生",怏怏的努了嘴站着。掌柜便自去了;晚上回来,说棺木须得现做,后半夜才成功。

掌柜回来的时候,帮忙的人早吃过饭;因为鲁镇还有些古风,所以不上一更,便都回家睡觉了。只有阿五还靠着咸亨的柜台喝酒,老拱也呜呜的唱。

这时候,单四嫂子坐在床沿上哭着,宝儿在床上躺着,纺车静静的在地上立着。许多工夫,单四嫂子的眼泪宣告完结了,眼睛张得很大,看看四面的情形,觉得奇怪:所有的都是不会有的事。他心里计算:不过是梦罢了,这些事都是梦。明天醒过来,自己好好的睡在床上,宝儿也好好的睡在自己身边。他也醒过来,叫一声"妈",生龙活虎似的跳去玩了。

老拱的歌声早经寂静,咸亨也熄了灯。单四嫂子张着眼,总不信所有的事。——鸡也叫了;东方渐渐发白,窗缝里透进了银白色的曙光。

⊙鲁迅藏德国版画家梅斐尔德作《你的姊妹》图六

【读书知味】

　　单四嫂子不肯死心塌地地盖上棺材盖,用孩子喜欢的玩意儿当陪葬品,能看出一位母亲对孩子的深爱和失子的悲痛。与此对应的,却是先前一直很帮忙的王九妈的不耐烦,以及曾展现"侠义之举"的蓝皮阿五的"临阵脱逃"。失去至亲之人的痛苦,他人会有同情,却没有一次次抚慰这种挥之不去痛苦的耐心,人情的冷漠为这场悲剧雪上加霜。　>>

银白的曙光又渐渐显出绯红，太阳光接着照到屋脊。单四嫂子张着眼，呆呆坐着；听得打门声音，才吃了一吓，跑出去开门。门外一个不认识的人，背了一件东西；后面站着王九妈。

哦，他们背了棺材来了。

下半天，棺木才合上盖：因为单四嫂子哭一回，看一回，总不肯死心塌地的盖上；幸亏王九妈等得不耐烦，气愤愤的跑上前，一把拖开他，才七手八脚的盖上了。

但单四嫂子待他的宝儿，实在已经尽了心，再没有什么缺陷。昨天烧过一串纸钱，上午又烧了四十九卷《大悲咒》①；收殓②的时候，给他穿上顶新的衣裳，平日喜欢的玩意儿，——一个泥人，两个小木碗，两个玻璃瓶，——都放在枕头旁边。后来王九妈掐着指头仔细推敲，也终于想不出一些什么缺陷。

这一日里，蓝皮阿五简直整天没有到；咸亨掌柜便替单四嫂子雇了两名脚夫，每名二百另十个大钱，抬棺木到义冢地上安放。王九妈又帮他煮了饭，凡是动过手开过口的人都吃了饭。太阳渐渐显出要落山的颜色；吃过饭的人也不觉都显出要回家的颜色，——于是他们终于都回了家。

单四嫂子很觉得头眩，歇息了一会，倒居然有点平稳了。但他接连着便觉得很异样：遇到了平生没有遇到过的事，不像会有的事，然而的确出现了。他越想越奇，又感到一件异样的事——这屋子忽然太静了。

---

① 《大悲咒》：即佛教《观世音菩萨大悲心陀罗尼经》中的咒文。迷信认为给死者念诵或烧化这种咒文，可以使他在"阴间"消除灾难，往生"乐土"。
② 收殓：此处为收殓的意思，即把人的尸体放进棺材。

⊙鲁迅笔名印谱"孺牛"

【读书知味】

　　从单四嫂子的贫苦生活来看，所住屋子不会很大；旁边是咸亨酒店，也不可能太静；小屋子放点东西就很满，也不会太空。但是文中两次提到"屋子不但太静，而且也太大了，东西也太空了"，太静是因为突然没有了孩子欢声笑语的陪伴，房子太大、东西太空，则是单四嫂子内心极度的孤独带来的外在感受。　>>

他站起身，点上灯火，屋子越显得静。他昏昏的走去关上门，回来坐在床沿上，纺车静静的立在地上。他定一定神，四面一看，更觉得坐立不得，屋子不但太静，而且也太大了，东西也太空了。太大的屋子四面包围着他，太空的东西四面压着他，叫他喘气不得。

他现在知道他的宝儿确乎死了；不愿意见这屋子，吹熄了灯，躺着。他一面哭，一面想：想那时候，自己纺着棉纱，宝儿坐在身边吃茴香豆，瞪着一双小黑眼睛想了一刻，便说，"妈！爹卖馄饨，我大了也卖馄饨，卖许多许多钱，——我都给你。"那时候，真是连纺出的棉纱，也仿佛寸寸都有意思，寸寸都活着。但现在怎么了？现在的事，单四嫂子却实在没有想到什么。——我早经说过：他是粗笨女人。他能想出什么呢？他单觉得这屋子太静，太大，太空罢了。

但单四嫂子虽然粗笨，却知道还魂是不能有的事，他的宝儿也的确不能再见了。叹一口气，自言自语的说，"宝儿，你该还在这里，你给我梦里见见罢。"于是合上眼，想赶快睡去，会他的宝儿，苦苦的呼吸通过了静和大和空虚，自己听得明白。

单四嫂子终于朦朦胧胧的走入睡乡，全屋子都很静。这时红鼻子老拱的小曲，也早经唱完；跄跄踉踉出了咸亨，却又提尖了喉咙，唱道：

"我的冤家呀！——可怜你，——孤另另的……"

蓝皮阿五便伸手揪住了老拱的肩头，两个人七歪八斜的笑着挤着走去。

单四嫂子早睡着了，老拱们也走了，咸亨也关上门了。这

⊙ 鲁迅藏德国版画家梅斐尔德作《你的姊妹》
图一

时的鲁镇,便完全落在寂静里。只有那暗夜为想变成明天,却仍在这寂静里奔波;另有几条狗,也躲在暗地里呜呜的叫。

一九二〇年六月。[①]

[①] 据鲁迅日记,本篇写作时间当为 1919 年 6 月末或 7 月初。

妙笔寻味

鲁迅在《〈穷人〉小引》中说："显示灵魂的深者，每要被人看作心理学家；尤其是陀思妥夫斯基那样的作者。他写人物，几乎无须描写外貌，只要以语气，声音，就不独将他们的思想和感情，便是面目和身体也表示着。又因为显示灵魂的深，所以一读那作品，便令人发生精神底变化。"其实，鲁迅自己便是这样一个高明的心理学家，在这篇《明天》中，便包含对人物层次丰富的心理描写。

以单四嫂子最后一夜的心理描写为例，作者营造了一个渲染、强化人物心理情绪的外在空间。这一外在空间又分为两个层次：第一个层次是单四嫂子屋外的空间，作者用红鼻子老拱"呜呜"的歌声、在昏暗灯光下更显暗黑色的夜，营造了一个孤寂、凄凉的氛围，既是在通过这样的外部氛围，衬托人物的心理，也是人物心理在外部环境上的投射。第二个层次是单四嫂子屋内，这样一个熟悉的家，却让单四嫂子觉得坐立不得，天天用的纺车"孤零零"地立在房中。这时候文章闪回出孩子还在时她对屋子的记忆——纺车纺着纱，不仅不孤独，还饱含着未来美好生活的希望，欢声笑语充斥在屋子里，肯定也不会太静。同一场景的前后对比，仍然是通过人物心理对环境的投射，让读者通过具体环境的氛围体会抽象的人物心理的活动。这就好比同样是一盏昏黄的台灯，写亲情的散文中可以写出灯光的温馨，妈妈投射在灯光下的背影；侦探小说可以写出阴森恐怖，灯光造成的阴影下似乎潜藏着无限的未知罪恶；悲伤的场面可以强调这盏台灯是"孤灯"，主人公坐在台灯下更觉得周围的黑暗浓重……

其次，《明天》还用内在的心理波动体现出来的肢体反应，来营造人物心理的内在空间。还是以最后一夜为例，单四嫂子先是"很觉得头眩"，继而"歇息了一会，倒居然有点平稳了"。然后是"昏昏的"走去关上门，觉得太大的屋子四面"包围"着她，太空的东西四面"压"着她，叫她"喘气不得"。这一系列偏于静态、压抑的肢体动作之后，单四嫂子才开始"一面哭，一面想"，最后是想快速睡着，确实"朦朦胧胧"地睡去。这些外在的肢体语言，表现了单四嫂子从巨大的悲痛到欲哭无泪，悲伤到头晕目眩，痛苦到如鲠在喉，因此压抑得喘不过气来；终于从不敢接受丧子的事实到能够接受这样的现实，于是她再开始流泪;最后是悲伤的情绪让单四嫂子开始有一种麻木的感觉,但是中枢神经却又因悲痛的刺激过于兴奋,于是在这种疲劳和兴奋双重影响下,单四嫂子带着能够梦见儿子的希望"朦朦胧胧"地睡着了。现代科学研究证实,强烈的心理波动通常会带来身体的生理感受。比如快乐会让我们心跳加速,血压上升,悲伤会让我们全身发抖,反应迟钝。情绪、情感都属于内在的心理活动,通常比较抽象,如果我们希望自己的心理描写能够让读者感同身受,写出心理影响下肢体的外在感受,是非常科学且有效的。

外部环境的营造,有利于渲染主要人物情绪的主体色调。肢体语言的描绘,则有利于生动地表现出人物内心细腻的心理波动。这两者结合,让《明天》的心理描写就如水墨画的晕染手法自然浸润,毫无刻意的雕琢痕迹却又赋予心理呈现的质感和心理变化的层次感。

请通过心理活动引起的身体变化写一段文字,要求写出心理的变化过程。

阿 Q 正传

　　法国作家罗曼·罗兰在把这篇小说推荐给法国《欧罗巴》杂志时说:"这篇小说是现实主义的,初看略显平庸;继之就会发现一种了不起的幽默;待到把它读完,你就会吃惊地发现,你被这个可怜的怪家伙给缠住了,你喜欢他了……"那么,鲁迅先生笔下的阿 Q 到底会是一个怎样可怜的怪家伙呢?

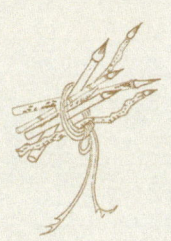

⊙ 电影《阿Q正传》剧照

阿 Q 正传[①]

第一章 序

我要给阿 Q 做正传,已经不止一两年了。但一面要做,一面又往回想,这足见我不是一个"立言"[②]的人,因为从来不朽之笔,须传不朽之人,于是人以文传,文以人传——究竟谁靠谁传,渐渐的不甚了然起来,而终于归结到传阿 Q,仿佛思想里有鬼似的。

然而要做这一篇速朽的文章,才下笔,便感到万分的困难了。第一是文章的名目。孔子曰,"名不正则言不顺"。这原是应该极注意的。传的名目很繁多:列传,自传,内传[③],外传,别传,家传,小传……,而可惜都不合。"列传"么,这一篇并非和许多阔人排在"正史"[④]里;"自传"么,我又并非就是

[①] 本篇最初分章发表于北京《晨报副刊》,自 1921 年 12 月 4 日起到 1922 年 2 月 12 日止,每周或隔周刊登一次,署名巴人。
[②] "立言":我国古代所谓"三不朽"之一。三不朽指的是立德、立功、立言,这是我国古代仁人志士孜孜以求的一种凡世的永恒价值。
[③] 内传:小说体传记的一种。作者在 1931 年 3 月 3 日给《阿 Q 正传》日译者山上正义的校释中说:"昔日道士写仙人的事多以'内传'题名。"
[④] "正史":封建时代由官方撰修或认可的史书。清代乾隆时规定自《史记》至《明史》历代二十四部纪传体史书为"正史"。"正史"中的"列传"部分,一般都是著名人物的传记。

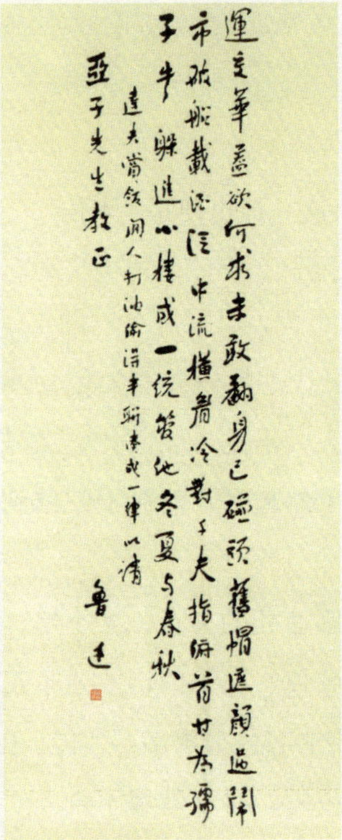

运交华盖欲何求，未敢翻身已碰头。破帽遮颜过闹市，漏船载酒泛中流。横眉冷对千夫指，俯首甘为孺子牛。躲进小楼成一统，管他冬夏与春秋。

达夫赏饭闲人打油偷得半联凑成一律以请

亚子先生教正

鲁迅

⊙ 鲁迅自嘲诗

阿Q。说是"外传","内传"在那里呢？倘用"内传",阿Q又决不是神仙。"别传"呢,阿Q实在未曾有大总统上谕宣付国史馆立"本传"①——虽说英国正史上并无"博徒列传",而文豪迭更司②也做过《博徒别传》这一部书,但文豪则可,在我辈却不可的。其次是"家传",则我既不知与阿Q是否同宗,也未曾受他子孙的拜托；或"小传",则阿Q又更无别的"大传"了。总而言之,这一篇也便是"本传",但从我的文章着想,因为文体卑下,是"引车卖浆者流"所用的话③,所以不敢僭称,便从不入三教九流的小说家所谓"闲话休题言归正传"这一句套话里,取出"正传"两个字来,作为名目,即使与古人所撰《书法正传》④的"正传"字面上很相混,也顾不得了。

第二,立传的通例,开首大抵该是"某,字某,某地人也",而我并不知道阿Q姓什么。有一回,他似乎是姓赵,但第二日便模糊了。那是赵太爷的儿子进了秀才的时候,锣声镗镗的报到村里来,阿Q正喝了两碗黄酒,便手舞足蹈的说,这于他也

---

① 宣付国史馆立"本传"：旧时效忠于统治者的重要人物或名人,死后由政府明令褒扬,令文末常有"宣付国史馆立传"的话。历代编纂史书的机构,名称不一,清代叫国史馆。辛亥革命后,北洋军阀及国民党政府都曾沿用这一名称。
② 迭更司（1812—1870）：通译狄更斯,英国小说家。著有《大卫·科波菲尔》《双城记》等。《博徒别传》原名《劳特奈·斯吞》,英国小说家柯南·道尔（1859—1930）著。1931年作者为山上正义写的校释中说："林琴南氏曾译柯南·道尔的小说,取名《博徒别传》,这里是讽刺此事。写为迭更司,系作者之错。"
③ "引车卖浆者流"所用的话：指当时林琴南攻击白话文的用语。1931年3月3日作者给日本山上正义的校释中说："'引车卖浆',即拉车卖豆腐浆之谓,系指蔡元培氏之父。那时,蔡元培氏为北京大学校长,亦系主张白话文之一,故亦受到攻击之矢。"
④ 《书法正传》：一部关于书法的书,清代冯武著,共十卷。这里的"正传"是"正确的传授"的意思。

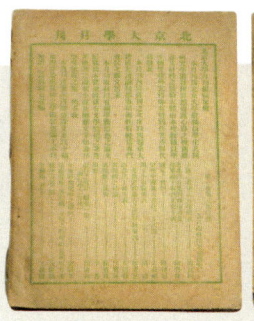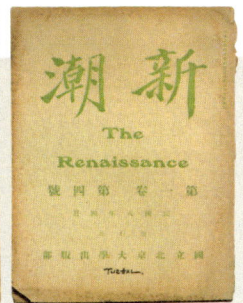

⊙《新潮》杂志

【读书知味】

　　作者用喜剧的手法，揭露的却是实实在在的人间悲剧：赵太爷打阿Q的理由本是蛮不讲理的，但受害者阿Q在同样贫苦的村民那里却得不到一点同情。这说明在"未庄"这样一个小社会里，以赵太爷为代表的地主阶级，不仅拥有土地，占有财产，而且在舆论上也拥有绝对权威。民众遭受困苦不是最可怕的，最可怕的在于民众迷信权威到是非不分的地步，而这个权威还很有可能是加害者。　　　　　　　》》

很光采，因为他和赵太爷原来是本家，细细的排起来他还比秀才长三辈呢。其时几个旁听人倒也肃然的有些起敬了。那知道第二天，地保便叫阿Q到赵太爷家里去；太爷一见，满脸溅朱，喝道：

"阿Q，你这浑小子！你说我是你的本家么？"

阿Q不开口。

赵太爷愈看愈生气了，抢进几步说："你敢胡说！我怎么会有你这样的本家？你姓赵么？"

阿Q不开口，想往后退了；赵太爷跳过去，给了他一个嘴巴。

"你怎么会姓赵！——你那里配姓赵！"

阿Q并没有抗辩他确凿姓赵，只用手摸着左颊，和地保退出去了；外面又被地保训斥了一番，谢了地保二百文酒钱。知道的人都说阿Q太荒唐，自己去招打；他大约未必姓赵，即使真姓赵，有赵太爷在这里，也不该如此胡说的。此后便再没有人提起他的氏族来，所以我终于不知道阿Q究竟什么姓。

第三，我又不知道阿Q的名字是怎么写的。他活着的时候，人都叫他阿Quei，死了以后，便没有一个人再叫阿Quei了，那里还会有"著之竹帛"①的事。若论"著之竹帛"，这篇文章要算第一次，所以先遇着了这第一个难关。我曾经仔细想：阿Quei，阿桂还是阿贵呢？倘使他号叫月亭，或者在八月间做过生日，那一定是阿桂了；而他既没有号——也许有号，只是没

---

① "著之竹帛"：语出《吕氏春秋·仲春纪》："著乎竹帛，传乎后世。"竹，竹简；帛，绢绸。我国古代未发明造纸前曾用竹帛书写文字。

⊙ "巴人"印谱,"巴人"是鲁迅发表《阿Q正传》时的署名

有人知道他,——又未尝散过生日征文的帖子:写作阿桂,是武断的。又倘若他有一位老兄或令弟叫阿富,那一定是阿贵了;而他又只是一个人:写作阿贵,也没有佐证的。其余音 Quei 的偏僻字样,更加凑不上了。先前,我也曾问过赵太爷的儿子茂才①先生,谁料博雅如此公,竟也茫然,但据结论说,是因为陈独秀办了《新青年》提倡洋字②,所以国粹沦亡,无可查考了。我的最后的手段,只有托一个同乡去查阿 Q 犯事的案卷,八个月之后才有回信,说案卷里并无与阿 Quei 的声音相近的人。我虽不知道是真没有,还是没有查,然而也再没有别的方法了。生怕注音字母还未通行,只好用了"洋字",照英国流行的拼法写他为阿 Quei,略作阿 Q。这近于盲从《新青年》,自己也很抱歉,但茂才公尚且不知,我还有什么好办法呢。

第四,是阿 Q 的籍贯了。倘他姓赵,则据现在好称郡望的老例,可以照《郡名百家姓》③上的注解,说是"陇西天水人也",但可惜这姓是不甚可靠的,因此籍贯也就有些决不定。他虽然多住未庄,然而也常常宿在别处,不能说是未庄人,即使说是"未庄人也",也仍然有乖④史法的。

我所聊以自慰的,是还有一个"阿"字非常正确,绝无附

---

① 茂才:即秀才。东汉时,因为避光武帝刘秀的名讳,改秀才为茂才;后来有时也沿用作秀才的别称。
② 陈独秀办了《新青年》提倡洋字:指 1918 年前后钱玄同等人在《新青年》杂志上开展关于废除汉字、改用罗马字母拼音的讨论一事。这里特意把钱玄同说成陈独秀,是茂才先生的错误。
③ 《郡名百家姓》:在《百家姓》的每一姓上都附注郡(古代地方区域的名称)名,表示某姓望族曾居古代某地,如赵为"天水"、钱为"彭城"之类。
④ 乖:违反,背离。

⊙1912年12月,首次刊登《阿Q正传》的《晨报副刊》(原名为《晨报副镌》)

【读书知味】

  阿Q虽然没有固定职业,却也是一个通过辛勤劳动为生的劳动者,甚至还"真能做"。因此,阿Q虽然沾染了一些游手好闲之徒的油滑气息,本质上却还是一个自食其力的贫苦农民。所以鲁迅反对给阿Q的肖像画上代表流氓形象的瓜皮帽,而是要戴着代表绍兴农民形象的毡帽。 >>

会假借的缺点，颇可以就正①于通人。至于其余，却都非浅学所能穿凿②，只希望有"历史癖与考据癖"的胡适之③先生的门人们，将来或者能够寻出许多新端绪来，但是我这《阿Q正传》到那时却又怕早经消灭了。

以上可以算是序。

第二章　优胜记略

阿Q不独是姓名籍贯有些渺茫，连他先前的"行状"④也渺茫。因为未庄的人们之于阿Q，只要他帮忙，只拿他玩笑，从来没有留心他的"行状"的。而阿Q自己也不说，独有和别人口角的时候，间或瞪着眼睛道：

"我们先前——比你阔的多啦！你算是什么东西！"

阿Q没有家，住在未庄的土谷祠⑤里；也没有固定的职业，只给人家做短工，割麦便割麦，舂米便舂米，撑船便撑船。工作略长久时，他也或住在临时主人的家里，但一完就走了。所以，人们忙碌的时候，也还记起阿Q来，然而记起的是做工，并不是"行状"；一闲空，连阿Q都早忘却，更不必说"行状"了。只是有一回，有一个老头子颂扬说："阿Q真能做！"这时阿Q赤着膊，懒洋洋的瘦伶仃的正在他面前，别人也摸不着这话

---

① 就正：请求指正。
② 穿凿：牵强附会。
③ 胡适之：即胡适。他在1920年7月所作《〈水浒传〉考证》中自称有"历史癖与考据癖""两种老毛病"。
④ "行状"：指人的品行业绩。
⑤ 土谷祠：即土地庙。土谷，指土地神和五谷神。

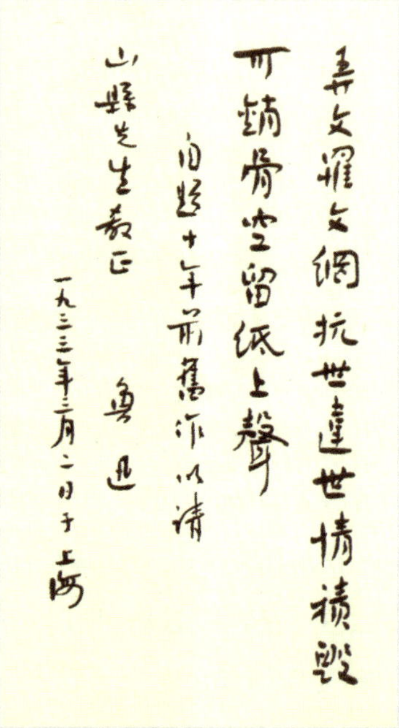

⊙ 鲁迅题《呐喊》

【读书知味】

  阿Q的"避讳"看似荒唐，却是以皇帝为首的"上层社会"煞有介事地践行了上千年的行为——连贵为月宫仙子的姮娥都因为要避汉文帝刘恒的"讳"而改叫嫦娥。作者借阿Q相似的行为，让读者看到这一看似神圣行为，其实就像维护癞疮疤"专利权"的阿Q一样，十分荒唐、可笑。

是真心还是讥笑,然而阿Q很喜欢。

阿Q又很自尊,所有未庄的居民,全不在他眼睛里,甚而至于对于两位"文童"①也有以为不值一笑的神情。夫文童者,将来恐怕要变秀才者也;赵太爷钱太爷大受居民的尊敬,除有钱之外,就因为都是文童的爹爹,而阿Q在精神上独不表格外的崇奉,他想:我的儿子会阔得多啦!加以进了几回城,阿Q自然更自负,然而他又很鄙薄城里人,譬如用三尺长三寸宽的木板做成的凳子,未庄叫"长凳",他也叫"长凳",城里人却叫"条凳",他想:这是错的,可笑!油煎大头鱼,未庄都加上半寸长的葱叶,城里却加上切细的葱丝,他想:这也是错的,可笑!然而未庄人真是不见世面的可笑的乡下人呵,他们没有见过城里的煎鱼!

阿Q"先前阔",见识高,而且"真能做",本来几乎是一个"完人"了,但可惜他体质上还有一些缺点。最恼人的是在他头皮上,颇有几处不知起于何时的癞疮疤。这虽然也在他身上,而看阿Q的意思,倒也似乎以为不足贵的,因为他讳说"癞"以及一切近于"赖"的音,后来推而广之,"光"也讳,"亮"也讳,再后来,连"灯""烛"都讳了。一犯讳,不问有心与无心,阿Q便全疤通红的发起怒来,估量了对手,口讷的他便骂,气力小的他便打;然而不知怎么一回事,总还是阿Q吃亏的时候多。于是他渐渐的变换了方针,大抵改为怒目而视了。

---

① "文童":也称"童生",指科举时代为参加考试的读书人,不管年龄大小,未考取生员(秀才)之前,都称为童生。

⊙1933年，鲁迅在狄思威路租房一间作藏书室

谁知道阿Q采用怒目主义之后，未庄的闲人们便愈喜欢玩笑他。一见面，他们便假作吃惊的说：

"哙，亮起来了。"

阿Q照例的发了怒，他怒目而视了。

"原来有保险灯在这里！"他们并不怕。

阿Q没有法，只得另外想出报复的话来：

"你还不配……"这时候，又仿佛在他头上的是一种高尚的光荣的癞头疮，并非平常的癞头疮了；但上文说过，阿Q是有见识的，他立刻知道和"犯忌"有点抵触，便不再往底下说。

闲人还不完，只撩他，于是终而至于打。阿Q在形式上打败了，被人揪住黄辫子，在壁上碰了四五个响头，闲人这才心满意足的得胜的走了，阿Q站了一刻，心里想，"我总算被儿子打了，现在的世界真不像样……"于是也心满意足的得胜的走了。

阿Q想在心里的，后来每每说出口来，所以凡有和阿Q玩笑的人们，几乎全知道他有这一种精神上的胜利法，此后每逢揪住他黄辫子的时候，人就先一着对他说：

"阿Q，这不是儿子打老子，是人打畜生。自己说：人打畜生！"

阿Q两只手都捏住了自己的辫根，歪着头，说道：

"打虫豸，好不好？我是虫豸——还不放么？"

但虽然是虫豸，闲人也并不放，仍旧在就近什么地方给他碰了五六个响头，这才心满意足的得胜的走了，他以为阿Q这回可遭了瘟。然而不到十秒钟，阿Q也心满意足的得胜的走了，

⊙鲁迅应邀观"易俗社"剧,并亲笔题写"古调独弹",制成匾额,与同去讲学者联名赠"易俗社"

他觉得他是第一个能够自轻自贱的人,除了"自轻自贱"不算外,余下的就是"第一个"。状元①不也是"第一个"么?"你算是什么东西"呢?!

阿Q以如是等等妙法克服怨敌之后,便愉快的跑到酒店里喝几碗酒,又和别人调笑一通,口角一通,又得了胜,愉快的回到土谷祠,放倒头睡着了。假使有钱,他便去押牌宝②,一堆人蹲在地面上,阿Q即汗流满面的夹在这中间,声音他最响:

"青龙四百!"

"咳~~开~~啦!"桩家揭开盒子盖,也是汗流满面的唱。"天门啦~~角回啦~~!人和穿堂空在那里啦~~!阿Q的铜钱拿过来~~!"

"穿堂一百——一百五十!"

阿Q的钱便在这样的歌吟之下,渐渐的输入别个汗流满面的人物的腰间。他终于只好挤出堆外,站在后面看,替别人着急,一直到散场,然后恋恋的回到土谷祠,第二天,肿着眼睛去工作。

但真所谓"塞翁失马安知非福"罢,阿Q不幸而赢了一回,他倒几乎失败了。

这是未庄赛神③的晚上。这晚上照例有一台戏,戏台左近④,也照例有许多的赌摊。做戏的锣鼓,在阿Q耳朵里仿佛在十里

---

① 状元:科举时代,经皇帝殿试取中的第一名进士叫状元。
② 押牌宝:一种赌博。赌局中为主的人叫"桩家";下文的"青龙""天门""穿堂"等都是押牌宝的用语,指押赌注的位置;"四百""一百五十"是押赌注的钱数。
③ 赛神:即迎神赛会,旧时的一种民间习俗,以鼓乐、仪仗和杂戏迎神出庙,周游街巷,以酬神祈福。
④ 左近:附近。

⊙《阿Q正传》俄译本

之外；他只听得桩家的歌唱了。他赢而又赢，铜钱变成角洋，角洋变成大洋，大洋又成了叠。他兴高采烈得非常：

"天门两块！"

他不知道谁和谁为什么打起架来了。骂声打声脚步声，昏头昏脑的一大阵，他才爬起来，赌摊不见了，人们也不见了，身上有几处很似乎有些痛，似乎也挨了几拳几脚似的，几个人诧异的对他看。他如有所失的走进土谷祠，定一定神，知道他的一堆洋钱不见了。赶赛会的赌摊多不是本村人，还到那里去寻根柢呢？

很白很亮的一堆洋钱！而且是他的——现在不见了！说是算被儿子拿去了罢，总还是忽忽不乐；说自己是虫豸罢，也还是忽忽不乐：他这回才有些感到失败的苦痛了。

但他立刻转败为胜了。他擎起右手，用力的在自己脸上连打了两个嘴巴，热剌剌的有些痛；打完之后，便心平气和起来，似乎打的是自己，被打的是别一个自己，不久也就仿佛是自己打了别个一般，——虽然还有些热剌剌，——心满意足的得胜的躺下了。

他睡着了。

第三章　续优胜记略

然而阿Q虽然常优胜，却直待蒙赵太爷打他嘴巴之后，这才出了名。

他付过地保二百文酒钱，愤愤的躺下了，后来想："现在的世界太不成话，儿子打老子……"于是忽而想到赵太爷的威

⊙ 鲁迅像

风,而现在是他的儿子了,便自己也渐渐的得意起来,爬起身,唱着《小孤孀上坟》①到酒店去。这时候,他又觉得赵太爷高人一等了。

说也奇怪,从此之后,果然大家也仿佛格外尊敬他。这在阿Q,或者以为因为他是赵太爷的父亲,而其实也不然。未庄通例,倘如阿七打阿八,或者李四打张三,向来本不算一件事,必须与一位名人如赵太爷者相关,这才载上他们的口碑。一上口碑,则打的既有名,被打的也就托庇②有了名。至于错在阿Q,那自然是不必说。所以者何?就因为赵太爷是不会错的。但他既然错,为什么大家又仿佛格外尊敬他呢?这可难解,穿凿起来说,或者因为阿Q说是赵太爷的本家,虽然挨了打,大家也还怕有些真,总不如尊敬一些稳当。否则,也如孔庙里的太牢③一般,虽然与猪羊一样,同是畜生,但既经圣人下箸,先儒们便不敢妄动了。

阿Q此后倒得意了许多年。

有一年的春天,他醉醺醺的在街上走,在墙根的日光下,看见王胡在那里赤着膊捉虱子,他忽然觉得身上也痒起来了。这王胡,又癞又胡,别人都叫他王癞胡,阿Q却删去了一个癞字,然而非常渺视他。阿Q的意思,以为癞是不足为奇的,只有这一部络腮胡子,实在太新奇,令人看不上眼。他于是并排坐下去了。倘是别的闲人们,阿Q本不敢大意坐下去。但这王胡

---

① 《小孤孀上坟》:当时流行的一出绍兴地方戏。
② 托庇:依赖长辈或有权势者的庇护。
③ 太牢:按古代祭礼,原指牛、羊、豕(猪)三牲,但后来单称牛为太牢。

⊙ 乌毡帽

旁边,他有什么怕呢?老实说:他肯坐下去,简直还是抬举他。

阿Q也脱下破夹袄来,翻检了一回,不知道因为新洗呢还是因为粗心,许多工夫,只捉到三四个。他看那王胡,却是一个又一个,两个又三个,只放在嘴里毕毕剥剥的响。

阿Q最初是失望,后来却不平了:看不上眼的王胡尚且那么多,自己倒反这样少,这是怎样的大失体统的事呵!他很想寻一两个大的,然而竟没有,好容易才捉到一个中的,恨恨的塞在厚嘴唇里,狠命一咬,劈的一声,又不及王胡响。

他癞疮疤块块通红了,将衣服摔在地上,吐一口唾沫,说:

"这毛虫!"

"癞皮狗,你骂谁?"王胡轻蔑的抬起眼来说。

阿Q近来虽然比较的受人尊敬,自己也更高傲些,但和那些打惯的闲人们见面还胆怯,独有这回却非常武勇了。这样满脸胡子的东西,也敢出言无状么?

"谁认便骂谁!"他站起来,两手叉在腰间说。

"你的骨头痒了么?"王胡也站起来,披上衣服说。

阿Q以为他要逃了,抢进去就是一拳。这拳头还未达到身上,已经被他抓住了,只一拉,阿Q踉踉跄跄的跌进去,立刻又被王胡扭住了辫子,要拉到墙上照例去碰头。

"'君子动口不动手'!"阿Q歪着头说。

王胡似乎不是君子,并不理会,一连给他碰了五下,又用力的一推,至于阿Q跌出六尺多远,这才满足的去了。

在阿Q的记忆上,这大约要算是生平第一件的屈辱,因为王胡以络腮胡子的缺点,向来只被他奚落,从没有奚落他,更

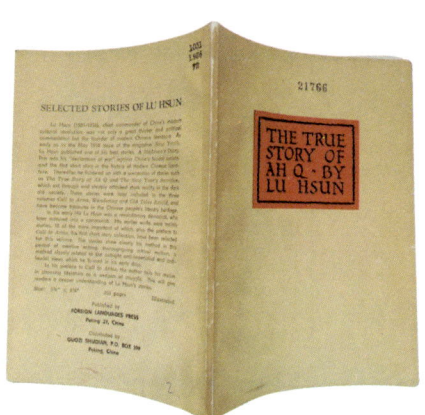

⊙ 英文版《阿Q正传》封面

不必说动手了。而他现在竟动手,很意外,难道真如市上所说,皇帝已经停了考①,不要秀才和举人了,因此赵家减了威风,因此他们也便小觑了他么?

阿Q无可适从的站着。

远远的走来了一个人,他的对头又到了。这也是阿Q最厌恶的一个人,就是钱太爷的大儿子。他先前跑上城里去进洋学堂,不知怎么又跑到东洋去了,半年之后他回到家里来,腿也直了,辫子也不见了,他的母亲大哭了十几场,他的老婆跳了三回井。后来,他的母亲到处说,"这辫子是被坏人灌醉了酒剪去的。本来可以做大官,现在只好等留长再说了。"然而阿Q不肯信,偏称他"假洋鬼子",也叫作"里通外国的人",一见他,一定在肚子里暗暗的咒骂。

阿Q尤其"深恶而痛绝之"的,是他的一条假辫子。辫子而至于假,就是没有了做人的资格;他的老婆不跳第四回井,也不是好女人。

这"假洋鬼子"近来了。

"秃儿。驴……"阿Q历来本只在肚子里骂,没有出过声,这回因为正气忿,因为要报仇,便不由的轻轻的说出来了。

不料这秃儿却拿着一支黄漆的棍子——就是阿Q所谓哭丧棒②——大踏步走了过来。阿Q在这刹那,便知道大约要打了,

---

① 皇帝已经停了考:光绪三十一年(1905),清政府下令自第二年,即1906年起,废止科举考试。
② 哭丧棒:旧时在为父母送殡时,儿子必须手拄"孝杖",以表示悲痛到难以支撑。阿Q因厌恶假洋鬼子,所以把他的手杖咒为"哭丧棒"。

⊙《阿Q正传》英文译本，1926年出版，译者梁社乾在翻译中曾得到鲁迅的帮助

赶紧抽紧筋骨,耸了肩膀等候着,果然,拍的一声,似乎确凿打在自己头上了。

"我说他!"阿Q指着近旁的一个孩子,分辩说。

拍!拍拍!

在阿Q的记忆上,这大约要算是生平第二件的屈辱。幸而拍拍的响了之后,于他倒似乎完结了一件事,反而觉得轻松些,而且"忘却"这一件祖传的宝贝也发生了效力,他慢慢的走,将到酒店门口,早已有些高兴了。

但对面走来了静修庵里的小尼姑。阿Q便在平时,看见伊也一定要唾骂,而况在屈辱之后呢?他于是发生了回忆,又发生了敌忾了。

"我不知道我今天为什么这样晦气,原来就因为见了你!"他想。

他迎上去,大声的吐一口唾沫:

"咳,呸!"

小尼姑全不睬,低了头只是走。阿Q走近伊身旁,突然伸出手去摩着伊新剃的头皮,呆笑着,说:

"秃儿!快回去,和尚等着你……"

"你怎么动手动脚……"尼姑满脸通红的说,一面赶快走。

酒店里的人大笑了。阿Q看见自己的勋业得了赏识,便愈加兴高采烈起来:

"和尚动得,我动不得?"他扭住伊的面颊。

酒店里的人大笑了。阿Q更得意,而且为满足那些赏鉴家起见,再用力的一拧,才放手。

⊙八道湾11号内，鲁迅创作《阿Q正传》处

【读书知味】

在阿Q欺负小尼姑的场面中，不仅要关注"阿Q十分得意的笑"，更要关注的是周围人也"九分得意的笑"。这一段暗示了阿Q的"精神胜利法"不是他的"专利"，而是劳苦大众中普遍存在的社会现象。本该同病相怜的困苦之人，受到"假洋鬼子""赵太爷"之流的欺侮不知反抗，反而把这样的暴行传导下去，欺侮更弱小之人，并以此为笑料、谈资，这些笑背后的冷酷与麻木，才是真正触目惊心之处。

>>

他这一战,早忘却了王胡,也忘却了假洋鬼子,似乎对于今天的一切"晦气"都报了仇;而且奇怪,又仿佛全身比拍拍的响了之后更轻松,飘飘然的似乎要飞去了。

"这断子绝孙的阿Q!"远远地听得小尼姑的带哭的声音。

"哈哈哈!"阿Q十分得意的笑。

"哈哈哈!"酒店里的人也九分得意的笑。

第四章　恋爱的悲剧

有人说:有些胜利者,愿意敌手如虎,如鹰,他才感得胜利的欢喜;假使如羊,如小鸡,他便反觉得胜利的无聊。又有些胜利者,当克服一切之后,看见死的死了,降的降了,"臣诚惶诚恐死罪死罪",他于是没有了敌人,没有了对手,没有了朋友,只有自己在上,一个,孤另另,凄凉,寂寞,便反而感到了胜利的悲哀。然而我们的阿Q却没有这样乏,他是永远得意的:这或者也是中国精神文明冠于全球的一个证据了。

看哪,他飘飘然的似乎要飞去了!

然而这一次的胜利,却又使他有些异样。他飘飘然的飞了大半天,飘进土谷祠,照例应该躺下便打鼾。谁知道这一晚,他很不容易合眼,他觉得自己的大拇指和第二指有点古怪:仿佛比平常滑腻些。不知道是小尼姑的脸上有一点滑腻的东西粘在他指上,还是他的指头在小尼姑脸上磨得滑腻了?……

"断子绝孙的阿Q!"

阿Q的耳朵里又听到这句话。他想:不错,应该有一个女人,断子绝孙便没有人供一碗饭,……应该有一个女人。

⊙《阿Q正传》手稿照片一页

夫"不孝有三无后为大",而"若敖之鬼馁而"①,也是一件人生的大哀,所以他那思想,其实是样样合于圣经贤传的,只可惜后来有些"不能收其放心"②了。

"女人,女人!……"他想。

"……和尚动得……女人,女人!……女人!"他又想。

我们不能知道这晚上阿Q在什么时候才打鼾。但大约他从此总觉得指头有些滑腻,所以他从此总有些飘飘然;"女……"他想。

即此一端,我们便可以知道女人是害人的东西。

中国的男人,本来大半都可以做圣贤,可惜全被女人毁掉了。商是妲己③闹亡的;周是褒姒弄坏的;秦……虽然史无明文,我们也假定他因为女人,大约未必十分错;而董卓可是的确给貂蝉害死了。

阿Q本来也是正人,我们虽然不知道他曾蒙什么明师指授过,但他对于"男女之大防"④却历来非常严;也很有排斥异端——如小尼姑及假洋鬼子之类——的正气。他的学说是:

---

① "若敖之鬼馁而":语出《左传》宣公四年:楚国司马子良(若敖氏)的儿子越椒长相凶恶,子良的哥哥子文认为越椒长大后会招致灭族之祸,要子良杀死他。子良没有依从。子文临死时说:"鬼犹求食,若敖氏之鬼,不其馁而。"意思是若敖氏以后没有子孙供饭,鬼魂都要挨饿了。这一年秋天,已经成为令尹的子越(即越椒)及若敖氏全族,为楚王所灭。

② "不能收其放心":《尚书·毕命》:"虽收放心,闲之惟艰。"放心,心无约束的意思。

③ 妲己:殷纣王的妃子。下文的褒姒是周幽王的妃子。貂蝉是《三国演义》中王允家的一个歌妓,书中有吕布为争夺她而杀死董卓的故事。作者在这里是讽刺那种把历史上亡国败家的原因都归罪于妇女的观点。

④ "男女之大防":指封建礼教对男女之间所规定的严格界限,如"男子居外,女子居内""男女授受不亲"等等。

⊙鲁迅1925年照片,为俄译《阿Q正传》而摄

凡尼姑,一定与和尚私通;一个女人在外面走,一定想引诱野男人;一男一女在那里讲话,一定要有勾当了。为惩治他们起见,所以他往往怒目而视,或者大声说几句"诛心"①话,或者在冷僻处,便从后面掷一块小石头。

谁知道他将到"而立"②之年,竟被小尼姑害得飘飘然了。这飘飘然的精神,在礼教上是不应该有的,——所以女人真可恶,假使小尼姑的脸上不滑腻,阿Q便不至于被蛊,又假使小尼姑的脸上盖一层布,阿Q便也不至于被蛊了,——他五六年前,曾在戏台下的人丛中拧过一个女人的大腿,但因为隔一层裤,所以此后并不飘飘然,——而小尼姑并不然,这也足见异端之可恶。

"女……"阿Q想。

他对于以为"一定想引诱野男人"的女人,时常留心看,然而伊并不对他笑。他对于和他讲话的女人,也时常留心听,然而伊又并不提起关于什么勾当的话来。哦,这也是女人可恶之一节:伊们全都要装"假正经"的。

这一天,阿Q在赵太爷家里舂了一天米,吃过晚饭,便坐在厨房里吸旱烟。倘在别家,吃过晚饭本可以回去的了,但赵府上晚饭早,虽说定例不准掌灯,一吃完便睡觉,然而偶然也有一些例外:其一,是赵大爷未进秀才的时候,准其点灯读文章;其二,便是阿Q来做短工的时候,准其点灯舂米。因

---

① "诛心":指不问实际情形如何而主观地推究别人的居心。
② "而立":语出《论语·为政》"三十而立"。原是孔子说他三十岁在学问上有所自立的话,后来就常用"而立"代指三十岁。

⊙ 旧时绍兴当地舂米石臼，文中阿Q舂米即用此

为这一条例外,所以阿Q在动手舂米之前,还坐在厨房里吸旱烟。

吴妈,是赵太爷家里唯一的女仆,洗完了碗碟,也就在长凳上坐下了,而且和阿Q谈闲天:

"太太两天没有吃饭哩,因为老爷要买一个小的……"

"女人……吴妈……这小孤孀……"阿Q想。

"我们的少奶奶是八月里要生孩子了……"

"女人……"阿Q想。

阿Q放下烟管,站了起来。

"我们的少奶奶……"吴妈还唠叨说。

"我和你困觉,我和你困觉!"阿Q忽然抢上去,对伊跪下了。

一刹时中很寂然。

"阿呀!"吴妈楞了一息,突然发抖,大叫着往外跑,且跑且嚷,似乎后来带哭了。

阿Q对了墙壁跪着也发楞,于是两手扶着空板凳,慢慢的站起来,仿佛觉得有些糟。他这时确也有些忐忑了,慌张的将烟管插在裤带上,就想去舂米。蓬的一声,头上着了很粗的一下,他急忙回转身去,那秀才便拿了一支大竹杠站在他面前。

"你反了,……你这……"

大竹杠又向他劈下来了。阿Q两手去抱头,拍的正打在指节上,这可很有一些痛。他冲出厨房门,仿佛背上又着了一下似的。

"忘八蛋!"秀才在后面用了官话这样骂。

⊙《阿Q正传》日译本

【读书知味】

阿Q尽管连字也不认识,却有着传统卫道士的"见识",但阿Q毕竟是个正常的男光棍,于是做了他嗤之以鼻的"于礼教有大妨"的行为。作者借阿Q"理论"和行为的矛盾,对那些道貌岸然的封建卫道士顺带进行了辛辣讽刺。被轰出来的阿Q展现了"精神胜利法"的又一"绝技"——"忘却":事情本因阿Q而起,结果他却充满好奇地看吴妈"一哭二闹三上吊",早已忘了自己之前被打,和这场热闹"似乎有点相关"。

>>

阿 Q 奔入舂米场，一个人站着，还觉得指头痛，还记得"忘八蛋"，因为这话是未庄的乡下人从来不用，专是见过官府的阔人用的，所以格外怕，而印象也格外深。但这时，他那"女……"的思想却也没有了。而且打骂之后，似乎一件事也已经收束，倒反觉得一无挂碍似的，便动手去舂米。舂了一会，他热起来了，又歇了手脱衣服。

脱下衣服的时候，他听得外面很热闹，阿 Q 生平本来最爱看热闹，便即寻声走出去了。寻声渐渐的寻到赵太爷的内院里，虽然在昏黄中，却辨得出许多人，赵府一家连两日不吃饭的太太也在内，还有间壁的邹七嫂，真正本家的赵白眼，赵司晨。

少奶奶正拖着吴妈走出下房来，一面说：

"你到外面来，……不要躲在自己房里想……"

"谁不知道你正经，……短见是万万寻不得的。"邹七嫂也从旁说。

吴妈只是哭，夹些话，却不甚听得分明。

阿 Q 想："哼，有趣，这小孤孀不知道闹着什么玩意儿了？"他想打听，走近赵司晨的身边。这时他猛然间看见赵大爷向他奔来，而且手里捏着一支大竹杠。他看见这一支大竹杠，便猛然间悟到自己曾经被打，和这一场热闹似乎有点相关。他翻身便走，想逃回舂米场，不图这支竹杠阻了他的去路，于是他又翻身便走，自然而然的走出后门，不多工夫，已在土谷祠内了。

阿 Q 坐了一会，皮肤有些起粟，他觉得冷了，因为虽在春季，而夜间颇有余寒，尚不宜于赤膊。他也记得布衫留在赵家，但倘若去取，又深怕秀才的竹杠。然而地保进来了。

⊙1911年，鲁迅像，照片上鲁迅身着的服装为他自己设计

【读书知味】

赵太爷一家和地保，打着为吴妈讨公道之名，行的却是想敲阿Q竹杠之实，甚至连阿Q的破布衫、毡帽也不放过。而受害者本人——吴妈却只得了一些垫鞋的烂布。与一无所有的阿Q相比，赵太爷一家的行为更显得贪婪和无耻。　　>>

"阿Q，你的妈妈的！你连赵家的用人都调戏起来，简直是造反。害得我晚上没有觉睡，你的妈妈的！……"

如是云云的教训了一通，阿Q自然没有话。临末，因为在晚上，应该送地保加倍酒钱四百文，阿Q正没有现钱，便用一顶毡帽做抵押，并且订定了五条件：

一　明天用红烛——要一斤重的——一对，香一封，到赵府上去赔罪。

二　赵府上请道士祓除缢鬼，费用由阿Q负担。

三　阿Q从此不准踏进赵府的门槛。

四　吴妈此后倘有不测，惟阿Q是问。

五　阿Q不准再去索取工钱和布衫。

阿Q自然都答应了，可惜没有钱。幸而已经春天，棉被可以无用，便质了二千大钱，履行条约。赤膊磕头之后，居然还剩几文，他也不再赎毡帽，统统喝了酒了。但赵家也并不烧香点烛，因为太太拜佛的时候可以用，留着了。那破布衫是大半做了少奶奶八月间生下来的孩子的衬尿布，那小半破烂的便都做了吴妈的鞋底。

第五章　生计问题

阿Q礼毕之后，仍旧回到土谷祠，太阳下去了，渐渐觉得世上有些古怪。他仔细一想，终于省悟过来：其原因盖在自己的赤膊。他记得破夹袄还在，便披在身上，躺倒了，待张开眼睛，原来太阳又已经照在西墙上头了。他坐起身，一面说道，"妈妈的……"

⊙ 经鲁迅等多方努力，京师图书馆得以重建，图为开馆纪念合影，第二排左起第五人为鲁迅

他起来之后,也仍旧在街上逛,虽然不比赤膊之有切肤之痛,却又渐渐的觉得世上有些古怪了。仿佛从这一天起,未庄的女人们忽然都怕了羞,伊们一见阿Q走来,便个个躲进门里去。甚而至于将近五十岁的邹七嫂,也跟着别人乱钻,而且将十一岁的女儿都叫进去了。阿Q很以为奇,而且想:"这些东西忽然都学起小姐模样来了。这娼妇们……"

但他更觉得世上有些古怪,却是许多日以后的事。其一,酒店不肯赊欠了;其二,管土谷祠的老头子说些废话,似乎叫他走;其三,他虽然记不清多少日,但确乎有许多日,没有一个人来叫他做短工。酒店不赊,熬着也罢了;老头子催他走,噜苏①一通也就算了;只是没有人来叫他做短工,却使阿Q肚子饿:这委实是一件非常"妈妈的"的事情。

阿Q忍不下去了,他只好到老主顾的家里去探问,——但独不许踏进赵府的门槛,——然而情形也异样:一定走出一个男人来,现了十分烦厌的相貌,像回复乞丐一般的摇手道:

"没有没有!你出去!"

阿Q愈觉得稀奇了。他想,这些人家向来少不了要帮忙,不至于现在忽然都无事,这总该有些蹊跷在里面了。他留心打听,才知道他们有事都去叫小Don②。这小D,是一个穷小子,又瘦又乏,在阿Q的眼睛里,位置是在王胡之下的,谁料这小子竟谋了他的饭碗去。所以阿Q这一气,更与平常不同,

---

① 噜苏:啰唆。
② 小Don:即小同。作者在《且介亭杂文·寄〈戏〉周刊编者信》中说:"他叫'小同',大起来,和阿Q一样。"

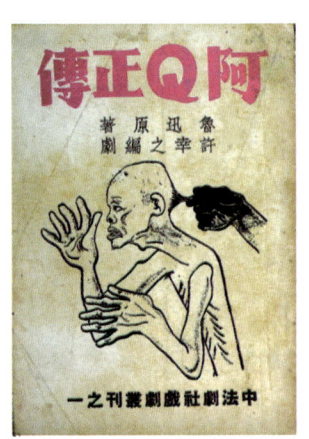

⊙ 瞿秋白手绘《阿Q正传》封面

当气愤愤的走着的时候,忽然将手一扬,唱道:

"我手执钢鞭将你打!①……"

几天之后,他竟在钱府的照壁②前遇见了小 D。"仇人相见分外眼明",阿 Q 便迎上去,小 D 也站住了。

"畜生!"阿 Q 怒目而视的说,嘴角上飞出唾沫来。

"我是虫豸,好么?……"小 D 说。

这谦逊反使阿 Q 更加愤怒起来,但他手里没有钢鞭,于是只得扑上去,伸手去拔小 D 的辫子。小 D 一手护住了自己的辫根,一手也来拔阿 Q 的辫子,阿 Q 便也将空着的一只手护住了自己的辫根。从先前的阿 Q 看来,小 D 本来是不足齿数③的,但他近来挨了饿,又瘦又乏已经不下于小 D,所以便成了势均力敌的现象,四只手拔着两颗头,都弯了腰,在钱家粉墙上映出一个蓝色的虹形,至于半点钟之久了。

"好了,好了!"看的人们说,大约是解劝的。

"好,好!"看的人们说,不知道是解劝,是颂扬,还是煽动。

然而他们都不听。阿 Q 进三步,小 D 便退三步,都站着;小 D 进三步,阿 Q 便退三步,又都站着。大约半点钟,——未庄少有自鸣钟,所以很难说,或者二十分,——他们的头发里便都冒烟,额上便都流汗,阿 Q 的手放松了,在同一瞬间,小 D 的手也正放松了,同时直起,同时退开,都挤出人丛去。

---

① "我手执钢鞭将你打!":这一句及下文的"悔不该,酒醉错斩了郑贤弟",都是当时绍兴地方戏《龙虎斗》中的唱词。
② 照壁:大门内、外对着大门做屏蔽用的墙壁。
③ 不足齿数:不足以相提并论、同等看待。

【读书知味】

　　阿Q通过辛勤劳动来维生的路走不通了，只能游手好闲。地位、力气占优的惹不起，只能去偷尼姑的萝卜。这一段"田家乐"景物的描写，也是对阿Q悲惨际遇的衬托，在饥饿的阿Q眼里，最美的当然是低矮土墙里的菜园。在生存危机时常逼近却无力改变时，也只有精神上需求一些奇妙的逃路——要不怎么活呢？　　>>

⊙陕西省西安暑期讲学开学式合影，第二排右起第十一人为鲁迅

"记着罢,妈妈的……"阿Q回过头去说。

"妈妈的,记着罢……"小D也回过头来说。

这一场"龙虎斗"似乎并无胜败,也不知道看的人可满足,都没有发什么议论,而阿Q却仍然没有人来叫他做短工。

有一日很温和,微风拂拂的颇有些夏意了,阿Q却觉得寒冷起来,但这还可担当,第一倒是肚子饿。棉被,毡帽,布衫,早已没有了,其次就卖了棉袄;现在有裤子,却万不可脱的;有破夹袄,又除了送人做鞋底之外,决定卖不出钱。他早想在路上拾得一注钱,但至今还没有见;他想在自己的破屋里忽然寻到一注钱,慌张的四顾,但屋内是空虚而且了然。于是他决计出门求食去了。

他在路上走着要"求食",看见熟识的酒店,看见熟识的馒头,但他都走过了,不但没有暂停,而且并不想要。他所求的不是这类东西了;他求的是什么东西,他自己不知道。

未庄本不是大村镇,不多时便走尽了。村外多是水田,满眼是新秧的嫩绿,夹着几个圆形的活动的黑点,便是耕田的农夫。阿Q并不赏鉴这田家乐,却只是走,因为他直觉的知道这与他的"求食"之道是很辽远的。但他终于走到静修庵的墙外了。

庵周围也是水田,粉墙突出在新绿里,后面的低土墙里是菜园。阿Q迟疑了一会,四面一看,并没有人。他便爬上这矮墙去,扯着何首乌藤,但泥土仍然簌簌的掉,阿Q的脚也索索的抖;终于攀着桑树枝,跳到里面了。里面真是郁郁葱葱,但似乎并没有黄酒馒头,以及此外可吃的之类。靠西墙是竹丛,下面许多笋,只可惜都是并未煮熟的,还有油菜早经结子,芥

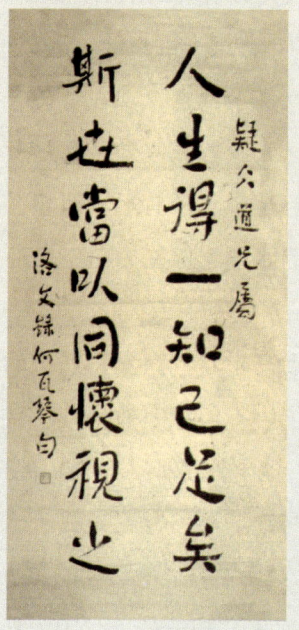

⊙ 1933年春,鲁迅录何瓦琴句赠瞿秋白

菜已将开花，小白菜也很老了。

阿 Q 仿佛文童落第似的觉得很冤屈，他慢慢走近园门去，忽而非常惊喜了，这分明是一畦老萝卜。他于是蹲下便拔，而门口突然伸出一个很圆的头来，又即缩回去了，这分明是小尼姑。小尼姑之流是阿 Q 本来视若草芥的，但世事须"退一步想"，所以他便赶紧拔起四个萝卜，拧下青叶，兜在大襟里。然而老尼姑已经出来了。

"阿弥陀佛，阿 Q，你怎么跳进园里来偷萝卜！……阿呀，罪过呵，阿唷，阿弥陀佛！……"

"我什么时候跳进你的园里来偷萝卜？"阿 Q 且看且走的说。

"现在……这不是？"老尼姑指着他的衣兜。

"这是你的？你能叫得他答应你么？你……"

阿 Q 没有说完话，拔步便跑；追来的是一匹很肥大的黑狗。这本来在前门的，不知怎的到后园来了。黑狗哼而且追，已经要咬着阿 Q 的腿，幸而从衣兜里落下一个萝卜来，那狗给一吓，略略一停，阿 Q 已经爬上桑树，跨到土墙，连人和萝卜都滚出墙外面了。只剩着黑狗还在对着桑树嗥，老尼姑念着佛。

阿 Q 怕尼姑又放出黑狗来，拾起萝卜便走，沿路又检了几块小石头，但黑狗却并不再出现。阿 Q 于是抛了石块，一面走一面吃，而且想道，这里也没有什么东西寻，不如进城去……

待三个萝卜吃完时，他已经打定了进城的主意了。

第六章　从中兴到末路

在未庄再看见阿 Q 出现的时候，是刚过了这年的中秋。人

⊙ 陈师曾赠鲁迅印

们都惊异，说是阿Q回来了，于是又回上去想道，他先前那里去了呢？阿Q前几回的上城，大抵早就兴高采烈的对人说，但这一次却并不，所以也没有一个人留心到。他或者也曾告诉过管土谷祠的老头子，然而未庄老例，只有赵太爷钱太爷和秀才大爷上城才算一件事。假洋鬼子尚且不足数，何况是阿Q：因此老头子也就不替他宣传，而未庄的社会上也就无从知道了。

但阿Q这回的回来，却与先前大不同，确乎很值得惊异。天色将黑，他睡眼蒙胧的在酒店门前出现了，他走近柜台，从腰间伸出手来，满把是银的和铜的，在柜上一扔说，"现钱！打酒来！"穿的是新夹袄，看去腰间还挂着一个大搭连①，沉钿钿的将裤带坠成了很弯很弯的弧线。未庄老例，看见略有些醒目的人物，是与其慢也宁敬的，现在虽然明知道是阿Q，但因为和破夹袄的阿Q有些两样了，古人云，"士别三日便当刮目相待"，所以堂倌，掌柜，酒客，路人，便自然显出一种疑而且敬的形态来。掌柜既先之以点头，又继之以谈话：

"嚄，阿Q，你回来了！"

"回来了。"

"发财发财，你是——在……"

"上城去了！"

这一件新闻，第二天便传遍了全未庄。人人都愿意知道现钱和新夹袄的阿Q的中兴史，所以在酒店里，茶馆里，庙檐下，便渐渐的探听出来了。这结果，是阿Q得了新敬畏。

---

① 搭连：同"褡裢"，长方形口袋，中央开口，两端各成一个袋子，可用来装钱物。

⊙ 电影《阿Q正传》剧照

据阿 Q 说,他是在举人老爷家里帮忙。这一节,听的人都肃然了。这老爷本姓白,但因为合城里只有他一个举人,所以不必再冠姓,说起举人来就是他。这也不独在未庄是如此,便是一百里方圆之内也都如此,人们几乎多以为他的姓名就叫举人老爷的了。在这人的府上帮忙,那当然是可敬的。但据阿 Q 又说,他却不高兴再帮忙了,因为这举人老爷实在太"妈妈的"了。这一节,听的人都叹息而且快意,因为阿 Q 本不配在举人老爷家里帮忙,而不帮忙是可惜的。

据阿 Q 说,他的回来,似乎也由于不满意城里人,这就在他们将长凳称为条凳,而且煎鱼用葱丝,加以最近观察所得的缺点,是女人的走路也扭得不很好。然而也偶有大可佩服的地方,即如未庄的乡下人不过打三十二张的竹牌①,只有假洋鬼子能够叉"麻酱",城里却连小乌龟子都叉得精熟的。什么假洋鬼子,只要放在城里的十几岁的小乌龟子的手里,也就立刻是"小鬼见阎王"。这一节,听的人都赧然了。

"你们可看见过杀头么?"阿 Q 说,"咳,好看。杀革命党。唉,好看好看,……"他摇摇头,将唾沫飞在正对面的赵司晨的脸上。这一节,听的人都凛然了。但阿 Q 又四面一看,忽然扬起右手,照着伸长脖子听得出神的王胡的后项窝上直劈下去道:

"嚓!"

---

① 三十二张的竹牌:一种赌具。即牙牌或骨牌,用象牙或兽骨所制,简陋的就用竹制成。下文的"麻酱"指麻雀牌,俗称麻将,也是一种赌具。阿 Q 把"麻将"讹传为"麻酱"。

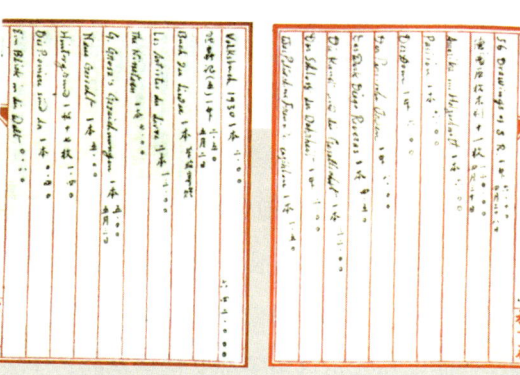

⊙ 鲁迅拟购德国书目书单

王胡惊得一跳，同时电光石火似的赶快缩了头，而听的人又都悚然而且欣然了。从此王胡瘟头瘟脑的许多日，并且再不敢走近阿Q的身边；别的人也一样。

阿Q这时在未庄人眼睛里的地位，虽不敢说超过赵太爷，但谓之差不多，大约也就没有什么语病的了。

然而不多久，这阿Q的大名忽又传遍了未庄的闺中。虽然未庄只有钱赵两姓是大屋，此外十之九都是浅闺，但闺中究竟是闺中，所以也算得一件神异。女人们见面时一定说，邹七嫂在阿Q那里买了一条蓝绸裙，旧固然是旧的，但只化了九角钱。还有赵白眼的母亲，——一说是赵司晨的母亲，待考，——也买了一件孩子穿的大红洋纱衫，七成新，只用三百大钱九二串①。于是伊们都眼巴巴的想见阿Q，缺绸裙的想问他买绸裙，要洋纱衫的想问他买洋纱衫，不但见了不逃避，有时阿Q已经走过了，也还要追上去叫住他，问道：

"阿Q，你还有绸裙么？没有？纱衫也要的，有罢？"

后来这终于从浅闺传进深闺里去了。因为邹七嫂得意之余，将伊的绸裙请赵太太去鉴赏，赵太太又告诉了赵太爷而且着实恭维了一番。赵太爷便在晚饭桌上，和秀才大爷讨论，以为阿Q实在有些古怪，我们门窗应该小心些；但他的东西，不知道可还有什么可买，也许有点好东西罢。加以赵太太也正想买一件价廉物美的皮背心。于是家族决议，便托邹七嫂即刻去寻阿Q，

---

① 三百大钱九二串：即"三百大钱，以九十二文作为一百"。旧时我国用的铜钱，中有方孔，可用绳子串在一起，每千枚（或每枚"当十"的大钱一百枚）为一串，称作一吊，但实际上常不足数。

⊙鲁迅绍兴祖居一角

【读书知味】

　　明知阿Q的东西得来的"不干净",连赵太爷这样有地位、"知廉耻"的人,都要特地点着油灯,全家恭候。相对没有接受过"道德教化"的贫苦农民,赵太爷的行为更为虚伪可耻。同时也说明,精神胜利法绝对不只是阿Q、或者说以阿Q为代表的贫苦农民的"专利",而是渗透到全体国民肌理中的处世"哲学"。　　>>

而且为此新辟了第三种的例外:这晚上也姑且特准点油灯。

油灯干了不少了,阿 Q 还不到。赵府的全眷都很焦急,打着呵欠,或恨阿 Q 太飘忽,或怨邹七嫂不上紧。赵太太还怕他因为春天的条件不敢来,而赵太爷以为不足虑:因为这是"我"去叫他的。果然,到底赵太爷有见识,阿 Q 终于跟着邹七嫂进来了。

"他只说没有没有,我说你自己当面说去,他还要说,我说……"邹七嫂气喘吁吁的走着说。

"太爷!"阿 Q 似笑非笑的叫了一声,在檐下站住了。

"阿 Q,听说你在外面发财,"赵太爷踱开去,眼睛打量着他的全身,一面说。"那很好,那很好的。这个,……听说你有些旧东西,……可以都拿来看一看,……这也并不是别的,因为我倒要……"

"我对邹七嫂说过了。都完了。"

"完了?"赵太爷不觉失声的说,"那里会完得这样快呢?"

"那是朋友的,本来不多。他们买了些,……"

"总该还有一点罢。"

"现在,只剩了一张门幕了。"

"就拿门幕来看看罢。"赵太太慌忙说。

"那么,明天拿来就是,"赵太爷却不甚热心了。"阿 Q,你以后有什么东西的时候,你尽先送来给我们看,……"

"价钱决不会比别家出得少!"秀才说。秀才娘子忙一瞥阿 Q 的脸,看他感动了没有。

"我要一件皮背心。"赵太太说。

⊙ 鲁迅作品各国译本

阿Q虽然答应着,却懒洋洋的出去了,也不知道他是否放在心上。这使赵太爷很失望,气愤而且担心,至于停止了打呵欠。秀才对于阿Q的态度也很不平,于是说,这忘八蛋要提防,或者竟不如吩咐地保,不许他住在未庄。但赵太爷以为不然,说这也怕要结怨,况且做这路生意的大概是"老鹰不吃窝下食",本村倒不必担心的;只要自己夜里警醒点就是了。秀才听了这"庭训"①,非常之以为然,便即刻撤消了驱逐阿Q的提议,而且叮嘱邹七嫂,请伊万不要向人提起这一段话。

但第二日,邹七嫂便将那蓝裙去染了皂,又将阿Q可疑之点传扬出去了,可是确没有提起秀才要驱逐他这一节。然而这已经于阿Q很不利。最先,地保寻上门了,取了他的门幕去,阿Q说是赵太太要看的,而地保也不还,并且要议定每月的孝敬钱。其次,是村人对于他的敬畏忽而变相了,虽然还不敢来放肆,却很有远避的神情,而这神情和先前的防他来"嚓"的时候又不同,颇混着"敬而远之"的分子了。

只有一班闲人们却还要寻根究底的去探阿Q的底细。阿Q也并不讳饰,傲然的说出他的经验来。从此他们才知道,他不过是一个小脚色,不但不能上墙,并且不能进洞,只站在洞外接东西。有一夜,他刚才接到一个包,正手再进去,不一会,只听得里面大嚷起来,他便赶紧跑,连夜爬出城,逃回未庄来了,从此不敢再去做。然而这故事却于阿Q更不利,村人对于阿Q的"敬而远之"者,本因为怕结怨,谁料他不过是一个不敢再

---

① "庭训":指父亲对子女的教育。

⊙ 李小峰。李小峰所在的北新书局出版了鲁迅小说集《呐喊》

【读书知味】

　　从明朝灭亡到清末，已经过去两百多年，民众对"革命"的认知还停留在"替崇祯皇帝报仇"。读者就不难理解，为什么面对革命，举人老爷这样一个"神"一样的存在，反而先于赵太爷慌乱。连赵太爷这样"有见识"的人士最初反应都很茫然，证明辛亥革命的思想并没有被广大人民群众所认知，革命之后的思想启蒙之路还很漫长。

偷的偷儿呢?这实在是"斯亦不足畏也矣"。

第七章　革命

宣统三年九月十四日[①]——即阿Q将搭连卖给赵白眼的这一天——三更四点,有一只大乌篷船到了赵府上的河埠头。这船从黑魆魆中荡来,乡下人睡得熟,都没有知道;出去时将近黎明,却很有几个看见的了。据探头探脑的调查来的结果,知道那竟是举人老爷的船!

那船便将大不安载给了未庄,不到正午,全村的人心就很摇动。船的使命,赵家本来是很秘密的,但茶坊酒肆里却都说,革命党要进城,举人老爷到我们乡下来逃难了。惟有邹七嫂不以为然,说那不过是几口破衣箱,举人老爷想来寄存的,却已被赵太爷回复转去。其实举人老爷和赵秀才素不相能[②],在理本不能有"共患难"的情谊,况且邹七嫂又和赵家是邻居,见闻较为切近,所以大概该是伊对的。

然而谣言很旺盛,说举人老爷虽然似乎没有亲到,却有一封长信,和赵家排了"转折亲"。赵太爷肚里一轮,觉得于他总不会有坏处,便将箱子留下了,现就塞在太太的床底下。至于革命党,有的说是便在这一夜进了城,个个白盔白甲:穿着崇正皇帝的素[③]。

[①] 宣统三年九月十四日:这一天是1911年11月4日,辛亥革命武昌起义后的第二十五天。当时的杭州府为民军占领,绍兴府即日宣布光复。
[②] 素不相能:一向合不来。
[③] 穿着崇正皇帝的素:崇正,即崇祯,明思宗(朱由检)的年号。明亡后,一些农民起义部队常打着"反清复明"的口号,因此直到清末还有人认为革命是替崇祯皇帝报仇。

⊙鲁迅的深蓝粗毛绒围巾

阿Q的耳朵里，本来早听到过革命党这一句话，今年又亲眼见过杀掉革命党。但他有一种不知从那里来的意见，以为革命党便是造反，造反便是与他为难，所以一向是"深恶而痛绝之"的。殊不料这却使百里闻名的举人老爷有这样怕，于是他未免也有些"神往"了，况且未庄的一群鸟男女的慌张的神情，也使阿Q更快意。

"革命也好罢，"阿Q想，"革这伙妈妈的的命，太可恶！太可恨！……便是我，也要投降革命党了。"

阿Q近来用度①窘，大约略略有些不平；加以午间喝了两碗空肚酒，愈加醉得快，一面想一面走，便又飘飘然起来。不知怎么一来，忽而似乎革命党便是自己，未庄人却都是他的俘虏了。他得意之余，禁不住大声的嚷道：

"造反了！造反了！"

未庄人都用了惊惧的眼光对他看。这一种可怜的眼光，是阿Q从来没有见过的，一见之下，又使他舒服得如六月里喝了雪水。他更加高兴的走而且喊道：

"好，……我要什么就是什么，我欢喜谁就是谁。

得得，锵锵！

悔不该，酒醉错斩了郑贤弟，

悔不该，呀呀呀……

得得，锵锵，得，锵令锵！

我手执钢鞭将你打……"

---

① 用度：指各种费用开支。

⊙鲁迅致李小峰信

赵府上的两位男人和两个真本家,也正站在大门口论革命。阿Q没有见,昂了头直唱过去。

"得得,……"

"老Q,"赵太爷怯怯的迎着低声的叫。

"锵锵,"阿Q料不到他的名字会和"老"字联结起来,以为是一句别的话,与己无干,只是唱。"得,锵,锵令锵,锵!"

"老Q。"

"悔不该……"

"阿Q!"秀才只得直呼其名了。

阿Q这才站住,歪着头问道,"什么?"

"老Q,……现在……"赵太爷却又没有话,"现在……发财么?"

"发财?自然。要什么就是什么……"

"阿……Q哥,像我们这样穷朋友是不要紧的……"赵白眼惴惴的说,似乎想探革命党的口风。

"穷朋友?你总比我有钱。"阿Q说着自去了。

大家都怃然,没有话。赵太爷父子回家,晚上商量到点灯。赵白眼回家,便从腰间扯下搭连来,交给他女人藏在箱底里。

阿Q飘飘然的飞了一通,回到土谷祠,酒已经醒透了。这晚上,管祠的老头子也意外的和气,请他喝茶;阿Q便向他要了两个饼,吃完之后,又要了一支点过的四两烛和一个树烛台,点起来,独自躺在自己的小屋里。他说不出的新鲜而且高兴,烛火像元夜似的闪闪的跳,他的思想也迸跳起来了:

"造反?有趣,……来了一阵白盔白甲的革命党,都拿着

⊙ 张小平油画：北京鲁迅故居春景

【读书知味】

　　阿Q是希望革命的，但他不知道为什么革命，怎样革命，因此他理想中的"革命"，首先就是报私仇杀人，其次就是抢东西，最后是找女人。如果把这些"理想"转换成比较文雅的词，就是生杀予夺、子女玉帛。是不是似曾相识？古代造反者，追求的与有幸成功后得到的无非就是这些。阿Q式的革命，就是中国历代农民革命的缩影。 >>

板刀,钢鞭,炸弹,洋炮,三尖两刃刀,钩镰枪,走过土谷祠,叫道,'阿Q!同去同去!'于是一同去。……

"这时未庄的一伙鸟男女才好笑哩,跪下叫道,'阿Q,饶命!'谁听他!第一个该死的是小D和赵太爷,还有秀才,还有假洋鬼子,……留几条么?王胡本来还可留,但也不要了。……

"东西,……直走进去打开箱子来:元宝,洋钱,洋纱衫,……秀才娘子的一张宁式床①先搬到土谷祠,此外便摆了钱家的桌椅,——或者也就用赵家的罢。自己是不动手的了,叫小D来搬,要搬得快,搬得不快打嘴巴。……

"赵司晨的妹子真丑。邹七嫂的女儿过几年再说。假洋鬼子的老婆会和没有辫子的男人睡觉,吓,不是好东西!秀才的老婆是眼胞上有疤的。……吴妈长久不见了,不知道在那里,——可惜脚太大。"

阿Q没有想得十分停当②,已经发了鼾声,四两烛还只点去了小半寸,红焰焰的光照着他张开的嘴。

"荷荷!"阿Q忽而大叫起来,抬了头仓皇的四顾,待到看见四两烛,却又倒头睡去了。

第二天他起得很迟,走出街上看时,样样都照旧。他也仍然肚饿,他想着,想不起什么来;但他忽而似乎有了主意了,慢慢的跨开步,有意无意的走到静修庵。

---

① 宁式床:浙江宁波一带制作的一种比较讲究的床。
② 停当:齐备,妥当。

⊙ 登载《阿Q正传》节选的法国欧罗巴杂志,法国作家罗曼·罗兰称赞《阿Q正传》为"高超的,艺术的作品"

庵和春天时节一样静，白的墙壁和漆黑的门。他想了一想，前去打门，一只狗在里面叫。他急急拾了几块断砖，再上去较为用力的打，打到黑门上生出许多麻点的时候，才听得有人来开门。

阿 Q 连忙捏好砖头，摆开马步，准备和黑狗来开战。但庵门只开了一条缝，并无黑狗从中冲出，望进去只有一个老尼姑。

"你又来什么事？"伊大吃一惊的说。

"革命了……你知道？……"阿 Q 说得很含胡。

"革命革命，革过一革的，……你们要革得我们怎么样呢？"老尼姑两眼通红的说。

"什么？……"阿 Q 诧异了。

"你不知道，他们已经来革过了！"

"谁？……"阿 Q 更其诧异了。

"那秀才和洋鬼子！"

阿 Q 很出意外，不由的一错愕；老尼姑见他失了锐气，便飞速的关了门，阿 Q 再推时，牢不可开，再打时，没有回答了。

那还是上午的事。赵秀才消息灵，一知道革命党已在夜间进城，便将辫子盘在顶上，一早去拜访那历来也不相能的钱洋鬼子。这是"咸与维新"①的时候了，所以他们便谈得很投机，立刻成了情投意合的同志，也相约去革命。他们想而又想，才想出静修庵里有一块"皇帝万岁万万岁"的龙牌，是应该赶紧

---

① "咸与维新"：语出《尚书·胤征》："旧染污俗，咸与维新。"原意是对一切受恶习影响的人给以弃旧从新的机会。这里指辛亥革命时革命派与旧势力妥协，地主官僚等乘此投机的现象。

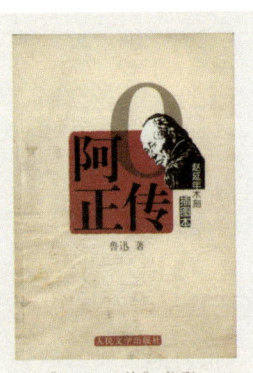

⊙《阿Q正传》书影

【读书知味】

　　赵秀才和假洋鬼子的"革命",其实也是欺软怕硬的打砸抢;辫子盘上去了,但也只是他们用来"作秀"的行为,和阿Q毫无二致。最具讽刺意味的是,这样拙劣的"作秀",却让他们真正地"咸与维新"。如果不能拓宽广大国民的眼界,建立现代社会的公民意识,那么这种巨大的习惯势力,永远会是革命最大的绊脚石。　　>>

革掉的,于是又立刻同到庵里去革命。因为老尼姑来阻挡,说了三句话,他们便将伊当作满政府,在头上很给了不少的棍子和栗凿①。尼姑待他们走后,定了神来检点,龙牌固然已经碎在地上了,而且又不见了观音娘娘座前的一个宣德炉②。

这事阿Q后来才知道。他颇悔自己睡着,但也深怪他们不来招呼他。他又退一步想道:

"难道他们还没有知道我已经投降了革命党么?"

第八章　不准革命

未庄的人心日见其安静了。据传来的消息,知道革命党虽然进了城,倒还没有什么大异样。知县大老爷还是原官,不过改称了什么,而且举人老爷也做了什么——这些名目,未庄人都说不明白——官,带兵的也还是先前的老把总③。只有一件可怕的事是另有几个不好的革命党夹在里面捣乱,第二天便动手剪辫子,听说那邻村的航船七斤便着了道儿,弄得不像人样子了。但这却还不算大恐怖,因为未庄人本来少上城,即使偶有想进城的,也就立刻变了计,碰不着这危险。阿Q本也想进城去寻他的老朋友,一得这消息,也只得作罢了。

但未庄也不能说是无改革。几天之后,将辫子盘在顶上的逐渐增加起来了,早经说过,最先自然是茂才公,其次便是赵

---

① 栗凿:把手指弯曲起来敲人头顶。
② 宣德炉:明宣宗宣德年间(1426—1435)制造的一种比较名贵的小型铜香炉,炉底有"大明宣德年制"字样。
③ 把总:清代最低一级的武官。

⊙ 宣德炉

司晨和赵白眼,后来是阿Q。倘在夏天,大家将辫子盘在头顶上或者打一个结,本不算什么稀奇事,但现在是暮秋,所以这"秋行夏令"的情形,在盘辫家不能不说是万分的英断,而在未庄也不能说无关于改革了。

赵司晨脑后空荡荡的走来,看见的人大嚷说,

"嚄,革命党来了!"

阿Q听到了很羡慕。他虽然早知道秀才盘辫的大新闻,但总没有想到自己可以照样做,现在看见赵司晨也如此,才有了学样的意思,定下实行的决心。他用一支竹筷将辫子盘在头顶上,迟疑多时,这才放胆的走去。

他在街上走,人也看他,然而不说什么话,阿Q当初很不快,后来便很不平。他近来很容易闹脾气了;其实他的生活,倒也并不比造反之前反艰难,人见他也客气,店铺也不说要现钱。而阿Q总觉得自己太失意:既然革了命,不应该只是这样的。况且有一回看见小D,愈使他气破肚皮了。

小D也将辫子盘在头顶上了,而且也居然用一支竹筷。阿Q万料不到他也敢这样做,自己也决不准他这样做!小D是什么东西呢?他很想即刻揪住他,拗断他的竹筷,放下他的辫子,并且批他几个嘴巴,聊且①惩罚他忘了生辰八字,也敢来做革命党的罪。但他终于饶放了,单是怒目而视的吐一口唾沫道"呸!"

这几日里,进城去的只有一个假洋鬼子。赵秀才本也想靠着寄存箱子的渊源,亲身去拜访举人老爷的,但因为有剪辫的

---

① 聊且:姑且。

⊙1910年7月,鲁迅回到绍兴,任绍兴府中学堂监学(教务长)

危险，所以也就中止了。他写了一封"黄伞格"①的信，托假洋鬼子带上城，而且托他给自己绍介绍介，去进自由党。假洋鬼子回来时，向秀才讨还了四块洋钱，秀才便有一块银桃子挂在大襟上了；未庄人都惊服，说这是柿油党的顶子②，抵得一个翰林③；赵太爷因此也骤然大阔，远过于他儿子初隽秀才的时候，所以目空一切，见了阿Q，也就很有些不放在眼里了。

阿Q正在不平，又时时刻刻感着冷落，一听得这银桃子的传说，他立即悟出自己之所以冷落的原因了：要革命，单说投降，是不行的；盘上辫子，也不行的；第一着仍然要和革命党去结识。他生平所知道的革命党只有两个，城里的一个早已"嚓"的杀掉了，现在只剩了一个假洋鬼子。他除却赶紧去和假洋鬼子商量之外，再没有别的道路了。

钱府的大门正开着，阿Q便怯怯的蹩进去。他一到里面，很吃了惊，只见假洋鬼子正站在院子的中央，一身乌黑的大约是洋衣，身上也挂着一块银桃子，手里是阿Q曾经领教过的棍子，已经留到一尺多长的辫子都拆开了披在肩背上，蓬头散发的像一个刘海仙④。对面挺直的站着赵白眼和三个闲人，正在必恭必敬的听说话。

阿Q轻轻的走近了，站在赵白眼的背后，心里想招呼，却

---

① "黄伞格"：一种写信格式。这样的信表示对于对方的恭敬。
② 柿油党的顶子：柿油党是"自由党"的谐音，顶子是清代官员帽顶上表示官阶的帽珠。这里是未庄人把自由党的徽章比作官员的"顶子"。
③ 翰林：唐代以来皇帝的文学侍从的名称。明、清时代凡进士选入翰林院供职者通称翰林，担任编修国史、起草文件等工作，是一种名望较高的文职官衔。
④ 刘海仙：指五代时的刘海蟾。相传他在终南山修道成仙。流行于民间的他的画像，一般都是披着长发，前额覆有短发。

【读书知味】

　　革命后,本该被革命打倒的对象,却还在高位;本该被革命拯救的贫苦农民,却被洋先生用"哭丧棒"打出来,不准他革命。所谓革命,唯一的成果也就是把辫子盘到头上去了。一切现状都说明了革命的"换汤不换药"。　>>

⊙ 绍兴乌篷船旧景

不知道怎么说才好:叫他假洋鬼子固然是不行的了,洋人也不妥,革命党也不妥,或者就应该叫洋先生了罢。

洋先生却没有见他,因为白着眼睛讲得正起劲:

"我是性急的,所以我们见面,我总是说:洪哥①!我们动手罢!他却总说道 No!——这是洋话,你们不懂的。否则早已成功了。然而这正是他做事小心的地方。他再三再四的请我上湖北,我还没有肯。谁愿意在这小县城里做事情。……"

"唔,……这个……"阿 Q 候他略停,终于用十二分的勇气开口了,但不知道因为什么,又并不叫他洋先生。

听着说话的四个人都吃惊的回顾他。洋先生也才看见:

"什么?"

"我……"

"出去!"

"我要投……"

"滚出去!"洋先生扬起哭丧棒来了。

赵白眼和闲人们便都吆喝道:"先生叫你滚出去,你还不听么!"

阿 Q 将手向头上一遮,不自觉的逃出门外;洋先生倒也没有追。他快跑了六十多步,这才慢慢的走,于是心里便涌起了忧愁:洋先生不准他革命,他再没有别的路;从此决不能望有白盔白甲的人来叫他,他所有的抱负,志向,希望,前程,全

---

① 洪哥:大概指黎元洪(1864—1928)。他原任清朝新军第二十一混成协的协统(相当于以后的旅长),1911 年武昌起义时,被拉出来担任革命军的鄂军都督。他并未参与武昌起义的筹划。

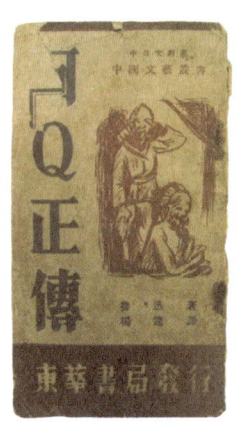

⊙《阿Q正传》（1947年台湾省东华书局《中国文艺丛书》之一）

被一笔勾销了。至于闲人们传扬开去,给小 D 王胡等辈笑话,倒是还在其次的事。

他似乎从来没有经验过这样的无聊。他对于自己的盘辫子,仿佛也觉得无意味,要侮蔑;为报仇起见,很想立刻放下辫子来,但也没有竟放。他游到夜间,赊了两碗酒,喝下肚去,渐渐的高兴起来了,思想里才又出现白盔白甲的碎片。

有一天,他照例的混到夜深,待酒店要关门,才踱回土谷祠去。

拍,吧~~~!

他忽而听得一种异样的声音,又不是爆竹。阿 Q 本来是爱看热闹,爱管闲事的,便在暗中直寻过去。似乎前面有些脚步声;他正听,猛然间一个人从对面逃来了。阿 Q 一看见,便赶紧翻身跟着逃。那人转弯,阿 Q 也转弯,既转弯,那人站住了,阿 Q 也站住。他看后面并无什么,看那人便是小 D。

"什么?"阿 Q 不平起来了。

"赵……赵家遭抢了!"小 D 气喘吁吁的说。

阿 Q 的心怦怦的跳了。小 D 说了便走;阿 Q 却逃而又停的两三回。但他究竟是做过"这路生意"的人,格外胆大,于是蹩出路角,仔细的听,似乎有些嚷嚷,又仔细的看,似乎许多白盔白甲的人,络绎的将箱子抬出了,器具抬出了,秀才娘子的宁式床也抬出了,但是不分明,他还想上前,两只脚却没有动。

这一夜没有月,未庄在黑暗里很寂静,寂静到像羲皇①时候一般太平。阿 Q 站着看到自己发烦,也似乎还是先前一样,在

---

① 羲皇:指伏羲氏,传说中我国上古时代的帝王。他的时代过去曾被形容为太平盛世。

⊙ 鲁迅致捷克汉学家普实克的信，信中谈到对《呐喊》中《阿Q正传》的翻译意见

【读书知味】

　　这是一个另类的"大团圆"结局，是对中国传统文学中非常喜欢运用的"大团圆"结局的反讽。趁火打劫的强盗不抓，却抓无关紧要的阿Q来定罪。真的有那么多的大团圆吗？也就是举人老爷和赵太爷之流才能享受吧？原来革命还是不革命，阿Q这样的人，都永远只能做示众的材料和麻木的看客。

那里来来往往的搬，箱子抬出了，器具抬出了，秀才娘子的宁式床也抬出了，……抬得他自己有些不信他的眼睛了。但他决计不再上前，却回到自己的祠里去了。

土谷祠里更漆黑；他关好大门，摸进自己的屋子里。他躺了好一会，这才定了神，而且发出关于自己的思想来：白盔白甲的人明明到了，并不来打招呼，搬了许多好东西，又没有自己的份，——这全是假洋鬼子可恶，不准我造反，否则，这次何至于没有我的份呢？阿Q越想越气，终于禁不住满心痛恨起来，毒毒的点一点头："不准我造反，只准你造反？妈妈的假洋鬼子，——好，你造反！造反是杀头的罪名呵，我总要告一状，看你抓进县里去杀头，——满门抄斩，——嚓！嚓！"

第九章　大团圆

赵家遭抢之后，未庄人大抵很快意而且恐慌，阿Q也很快意而且恐慌。但四天之后，阿Q在半夜里忽被抓进县城里去了。那时恰是暗夜，一队兵，一队团丁①，一队警察，五个侦探，悄悄地到了未庄，乘昏暗围住土谷祠，正对门架好机关枪；然而阿Q不冲出。许多时没有动静，把总焦急起来了，悬了二十千的赏，才有两个团丁冒了险，踰垣进去，里应外合，一拥而入，将阿Q抓出来；直待擒出祠外面的机关枪左近，他才有些清醒了。

到进城，已经是正午，阿Q见自己被攮进一所破衙门，转

---

① 团丁：旧时团练武装中的壮丁。

⊙ 旱烟

了五六个弯,便推在一间小屋里。他刚刚一踉跄,那用整株的木料做成的栅栏门便跟着他的脚跟阖上了,其余的三面都是墙壁,仔细看时,屋角上还有两个人。

阿Q虽然有些忐忑,却并不很苦闷,因为他那土谷祠里的卧室,也并没有比这间屋子更高明。那两个也仿佛是乡下人,渐渐和他兜搭①起来了,一个说是举人老爷要追他祖父欠下来的陈租,一个不知道为了什么事。他们问阿Q,阿Q爽利的答道,"因为我想造反。"

他下半天便又被抓出栅栏门去了,到得大堂,上面坐着一个满头剃得精光的老头子。阿Q疑心他是和尚,但看见下面站着一排兵,两旁又站着十几个长衫人物,也有满头剃得精光像这老头子的,也有将一尺来长的头发披在背后像那假洋鬼子的,都是一脸横肉,怒目而视的看他;他便知道这人一定有些来历,膝关节立刻自然而然的宽松,便跪了下去了。

"站着说!不要跪!"长衫人物都吆喝说。

阿Q虽然似乎懂得,但总觉得站不住,身不由己的蹲了下去,而且终于趁势改为跪下了。

"奴隶性!……"长衫人物又鄙夷似的说,但也没有叫他起来。

"你从实招来罢,免得吃苦。我早都知道了。招了可以放你。"那光头的老头子看定了阿Q的脸,沉静的清楚的说。

"招罢!"长衫人物也大声说。

"我本来要……来投……"阿Q胡里胡涂的想了一通,这

---

① 兜搭:交谈。

⊙孙伏园,《晨报副刊》主编,《阿Q正传》就是在他"笑嘻嘻"的催稿中诞生的

才断断续续的说。

"那么,为什么不来的呢?"老头子和气的问。

"假洋鬼子不准我!"

"胡说!此刻说,也迟了。现在你的同党在那里?"

"什么?……"

"那一晚打劫赵家的一伙人。"

"他们没有来叫我。他们自己搬走了。"阿Q提起来便愤愤。

"走到那里去了呢?说出来便放你了。"老头子更和气了。

"我不知道,……他们没有来叫我……"

然而老头子使了一个眼色,阿Q便又被抓进栅栏门里了。他第二次抓出栅栏门,是第二天的上午。

大堂的情形都照旧。上面仍然坐着光头的老头子,阿Q也仍然下了跪。

老头子和气的问道,"你还有什么话说么?"

阿Q一想,没有话,便回答说,"没有。"

于是一个长衫人物拿了一张纸,并一支笔送到阿Q的面前,要将笔塞在他手里。阿Q这时很吃惊,几乎"魂飞魄散"了:因为他的手和笔相关,这回是初次。他正不知怎样拿;那人却又指着一处地方教他画花押。

"我……我……不认得字。"阿Q一把抓住了笔,惶恐而且惭愧的说。

"那么,便宜你,画一个圆圈!"

阿Q要画圆圈了,那手捏着笔却只是抖。于是那人替他将纸铺在地上,阿Q伏下去,使尽了平生的力画圆圈。他生怕被

⊙清代宁式床

【读书知味】

　　这个画得很不圆的"大团圆",就像革命的结果——转了一圈,最后又回到起点——仿佛一切都没有改变。　　>>

人笑话，立志要画得圆，但这可恶的笔不但很沉重，并且不听话，刚刚一抖一抖的几乎要合缝，却又向外一耸，画成瓜子模样了。

阿Q正羞愧自己画得不圆，那人却不计较，早已掣了纸笔去，许多人又将他第二次抓进栅栏门。

他第二次进了栅栏，倒也并不十分懊恼。他以为人生天地之间，大约本来有时要抓进抓出，有时要在纸上画圆圈的，惟有圈而不圆，却是他"行状"上的一个污点。但不多时也就释然了，他想：孙子才画得很圆的圆圈呢。于是他睡着了。

然而这一夜，举人老爷反而不能睡：他和把总呕了气了。举人老爷主张第一要追赃，把总主张第一要示众。把总近来很不将举人老爷放在眼里了，拍案打凳的说道，"惩一儆百！你看，我做革命党还不上二十天，抢案就是十几件，全不破案，我的面子在那里？破了案，你又来迂。不成！这是我管的！"举人老爷窘急了，然而还坚持，说是倘若不追赃，他便立刻辞了帮办民政的职务。而把总却道，"请便罢！"于是举人老爷在这一夜竟没有睡，但幸而第二天倒也没有辞。

阿Q第三次抓出栅栏门的时候，便是举人老爷睡不着的那一夜的明天的上午了。他到了大堂，上面还坐着照例的光头老头子；阿Q也照例的下了跪。

老头子很和气的问道，"你还有什么话么？"

阿Q一想，没有话，便回答说，"没有。"

许多长衫和短衫人物，忽然给他穿上一件洋布的白背心，上面有些黑字。阿Q很气苦：因为这很像是带孝，而带孝是晦气的。然而同时他的两手反缚了，同时又被一直抓出衙门外去了。

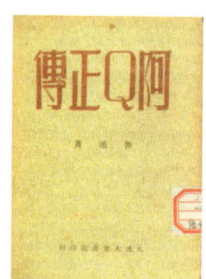

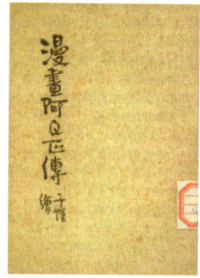

⊙《阿Q正传》各种版本（部分）

阿Q被抬上了一辆没有蓬的车，几个短衣人物也和他同坐在一处。这车立刻走动了，前面是一班背着洋炮的兵们和团丁，两旁是许多张着嘴的看客，后面怎样，阿Q没有见。但他突然觉到了：这岂不是去杀头么？他一急，两眼发黑，耳朵里嗡的一声，似乎发昏了。然而他又没有全发昏，有时虽然着急，有时却也泰然；他意思之间，似乎觉得人生天地间，大约本来有时也未免要杀头的。

他还认得路，于是有些诧异了：怎么不向着法场走呢？他不知道这是在游街，在示众。但即使知道也一样，他不过便以为人生天地间，大约本来有时也未免要游街要示众罢了。

他省悟了，这是绕到法场去的路，这一定是"嚓"的去杀头。他惘惘的向左右看，全跟着马蚁似的人，而在无意中，却在路旁的人丛中发见了一个吴妈。很久违，伊原来在城里做工了。阿Q忽然很羞愧自己没志气：竟没有唱几句戏。他的思想仿佛旋风似的在脑里一回旋：《小孤孀上坟》欠堂皇，《龙虎斗》里的"悔不该……"也太乏，还是"手执钢鞭将你打"罢。他同时想将手一扬，才记得这两手原来都捆着，于是"手执钢鞭"也不唱了。

"过了二十年又是一个……"阿Q在百忙中，"无师自通"的说出半句从来不说的话。

"好！！！"从人丛里，便发出豺狼的嗥叫一般的声音来。

车子不住的前行，阿Q在喝采声中，轮转眼睛去看吴妈，似乎伊一向并没有见他，却只是出神的看着兵们背上的洋炮。

阿Q于是再看那些喝采的人们。

这刹那中，他的思想又仿佛旋风似的在脑里一回旋了。四

⊙1935年《太白》月刊第二卷上刊登了《阿Q正传》的一张手迹照片,而这张手迹至今未有发现

【读书知味】

　　阿Q在赴刑场路上,看到行人与看客的眼睛,"又钝又锋利,不但已经咀嚼了他的话,并且还要咀嚼他皮肉以外的东西,永是不远不近的跟他走"。"咀嚼"再现了鲁迅"吃人社会"的主题。"不远不近的跟他走"表现了看客群体的"阴魂不散"与无处不在。　≫

年之前,他曾在山脚下遇见一只饿狼,永是不近不远的跟定他,要吃他的肉。他那时吓得几乎要死,幸而手里有一柄斫柴刀,才得仗这壮了胆,支持到未庄;可是永远记得那狼眼睛,又凶又怯,闪闪的像两颗鬼火,似乎远远的来穿透了他的皮肉。而这回他又看见从来没有见过的更可怕的眼睛了,又钝又锋利,不但已经咀嚼了他的话,并且还要咀嚼他皮肉以外的东西,永是不远不近的跟他走。

这些眼睛们似乎连成一气,已经在那里咬他的灵魂。

"救命,……"

然而阿Q没有说。他早就两眼发黑,耳朵里嗡的一声,觉得全身仿佛微尘似的迸散了。

至于当时的影响,最大的倒反在举人老爷,因为终于没有追赃,他全家都号咷了。其次是赵府,非特①秀才因为上城去报官,被不好的革命党剪了辫子,而且又破费了二十千的赏钱,所以全家也号咷了。从这一天以来,他们便渐渐的都发生了遗老的气味。

至于舆论,在未庄是无异议,自然都说阿Q坏,被枪毙便是他的坏的证据;不坏又何至于被枪毙呢?而城里的舆论却不佳,他们多半不满足,以为枪毙并无杀头这般好看;而且那是怎样的一个可笑的死囚呵,游了那么久的街,竟没有唱一句戏:他们白跟一趟了。

一九二一年十二月。

---

① 非特:不但。

妙笔寻味

当《阿Q正传》尚在报刊连载、全文未结束的时候,当时还是《小说月报》主编的沈雁冰(茅盾),就认为阿Q是一个世界典型,是中国现代文学史上的一颗巨星,并称《阿Q正传》"实是一部杰作"。

《阿Q正传》这篇看似游戏文字的中篇小说,为何能有如此大的魅力呢?其中"秘诀"很多,这里主要为大家总结两点:

一、大词小用、明褒暗贬

《阿Q正传》对于以阿Q为代表的贫苦农民,大量运用了大词小用的手法。大词小用就是将一个概念、范围较大的词用在一个范围、概念较小的事物上,或者说将一个小事物故意说成大事物一般,将用在反映大场合、大事件等语言环境中使用的词语放到同它不相称的小场合、小事情中去使用，使所述事物"升级"，小题大做，这样就破坏了平衡，产生了幽默。

从《阿Q正传》的标题说起，作者用貌似严谨的"学术态度"，"分析"了本文名字的来历和依据；又把"正史"上运用在帝王将相身上的语言，用在一个连叫什么都很模糊、和赵太爷同姓都不可以的贫苦农民身上。这样的处理不仅在反差中产生了强烈的喜剧效果，也"顺便"对那些"考据家"进行了辛辣的讽刺。后文写阿Q本来是正人，又写了他对于"男女之大防"历来非常严，排斥异端，说几句"诛心"的话，甚至还有学说——"凡尼姑，一定与和尚私通；一个女人在外面走，一定想引诱野男人；一男一女在那里讲话，一定要有勾当了。"这些"理论"和"推论"，都模仿了当时社会上一些拼命维护礼教的道貌岸然的"宿儒"和"校长"。阿Q明明是个目不识丁的贫苦农民，却操着维护"礼教大防"的心，但是操心的同时又免不了心猿意马。这样的反差，让封建卫道士的虚伪无聊无所遁形。

总之，大词小用和一般的用词搭配不当有本质的区别，后者是文学修为不够，前者则是有意为之。这样的写法通常基于讽刺的目的。鲁迅认为喜剧是"将那无价值的撕破给人看"，这种语言搭配的强烈反差，正是"撕破"讽刺对象的伪装，让其无所遁形的有效手段。

二、典型人物,"打击"面广

鲁迅在《〈阿Q正传〉的成因》一文中,曾说过因《阿Q正传》连载,遇到的一些纠纷:

今年在《现代评论》上看见涵庐(即高一涵)的《闲话》才知道的。那大略是——

"……我记得当《阿Q正传》一段一段陆续发表的时候,有许多人都栗栗危惧,恐怕以后要骂到他的头上。并且有一位朋友,当我面说,昨日《阿Q正传》上某一段仿佛就是骂他自己。因此便猜疑《阿Q正传》是某人作的,何以呢?因为只有某人知道他这一段私事。……从此疑神疑鬼,凡是《阿Q正传》中所骂的,都以为就是他的阴私;凡是与登载《阿Q正传》的报纸有关系的投稿人,都不免做了他所认为《阿Q正传》的作者的嫌疑犯了!等到他打听出来《阿Q正传》的作者名姓的时候,他才知道他和作者素不相识,因此,才恍然自悟,又逢人声明说不是骂他。"

…………

直到这一篇收在《呐喊》里,也还有人问我:你实在是在骂谁和谁呢?我只能悲愤,自恨不能使人看得我不至于如此下劣。

鲁迅曾形容他塑造笔下人物的手法是"杂取种种,合成一个",这样塑造出来的人物形象就是"典型人物"。为了不让别人对号入座起见,鲁迅小说中的人物,在家里的排行不是老大（他自己是老大），就是老四、老五（他们兄弟三人），这样至少免得让大家误认为他在影射兄弟；写到地名、人名，也尽量不用生活中已经有的现成地名、人名。本文中的"阿Q""未庄"就是很好的例子，阿Q孤独一人，肯定不会有兄弟、父母，他的这个名字和所在的村名，也不能对号到任何一个人或地域。鲁迅的写作目的，就是不希望读者认为在写别人，从而有一种看客心态。只有觉得作品中这个人物的行为非常像自己，才能从小说人物的所作所为，意识到自己心灵相似的阴暗面，从而激发读者改变自己阴暗面的意识。这就像一个患病之人，只有自己意识到自己"有病"，才会去看病、治病，如果认为自己很健康，当然不会去看病，更不会治病了，这就是鲁迅所说希望民众"引起疗救的注意"。与此相类似的，还有小说《红岩》中的著名叛徒甫志高，他是作者罗广斌、杨益言在至少三个叛徒原型的基础上创作出来的，正因为如此，才让这个叛徒形象具有了典型的代表意义，甚至让这个名字成为了大众眼中叛徒的代名词。

　　小说创作和以纪实为主的记叙文不同，作为小说中的文学形象，小说所反映的真实，通常是作者在种种生活的真实之中，提炼出来的艺术真实，它们就像在原料中高度提纯的精华，是对真实生活的高度概括。与此相应的，小说中的人物形象通常也是以融汇了很多相类似人的言行为一炉，表现在一个人物的行为、语言上，这个人物也就成为了这类人的"典型"。塑造典型人物,必须建立在对生活长期、细致的观察基础上,积累大量生活素材,通过对这些素材的提炼、加工,形成对一类人物行为的基本认识,才能成功地塑造出典型人物。对人物观察得来的印象稍纵即逝,这就需要我们对生活的及时记录。从这个意义上来说,创作不仅需要"巧功夫",也需要"笨功夫",勤于观察、勤于记录、勤于思考,是一切文学创作的基础,脱离了这"三勤",再巧的功夫写出来的作品,仍然是单薄、脆弱的无本之木、无源之水。这一条"写作秘诀"是放之四海而皆准的。

请用"大词小用"的创作手法,写一个生活片段,并通过这一片段,讽刺生活中一类人的行为。

祝福

她是一个没有春天的女人：春天里没了丈夫；开春时被迫改嫁；春天快完时，阿毛被狼吃了；在迎春之际，她死在风雪夜里。这么一个可怜不幸的女人，却一次次成为鲁镇人给平淡乏味生活增添的佐料和乐子，而这些佐料和乐子又全都是构建在她钻心的痛苦之上。这究竟是谁之哀？

【读书知味】

　　作者对四叔的描写,展现了民国初年偏远乡镇的文化面貌:首先他作为"老监生",家里有的是老掉牙的"儒家经典,程朱理学";其次是他骂的"新党"康有为其实很"旧"——当时已经是民国了,康有为在光绪时期才算新党。最传神的是四叔与"我"的寒暄,作者把大段寒暄凝练成一个个"中心词",用"无聊"的"白开水"写法去描述无聊对话,显示出亲密外表下的巨大隔膜。

>>

⊙ 北京鲁迅故居春景

祝福[①]

旧历的年底毕竟最像年底,村镇上不必说,就在天空中也显出将到新年的气象来。灰白色的沉重的晚云中间时时发出闪光,接着一声钝响,是送灶[②]的爆竹;近处燃放的可就更强烈了,震耳的大音还没有息,空气里已经散满了幽微的火药香。我是正在这一夜回到我的故乡鲁镇的。虽说故乡,然而已没有家,所以只得暂寓在鲁四老爷的宅子里。他是我的本家,比我长一辈,应该称之曰"四叔",是一个讲理学的老监生[③]。他比先前并没有什么大改变,单是老了些,但也还未留胡子,一见面是寒暄,寒暄之后说我"胖了",说我"胖了"之后即大骂其新党[④]。但我知道,这并非借题在骂我:因为他所骂的还是康有为[⑤]。但是,谈话是总不投机的了,于是不多久,我便一个

[①] 本篇最初发表于1924年3月25日上海《东方杂志》半月刊第二十一卷第六号。
[②] 送灶:旧俗以夏历十二月二十四日为灶神升天的日子,在这一天或前一天祭送灶神,称为送灶。
[③] 监生:国子监生员的简称,国子监原是封建时代中央最高学府,清代乾隆以后可以通过捐纳取得监生名义,不一定在国子监读书。
[④] 新党:清末对主张或倾向维新的人的称呼;辛亥革命前后,也用来称呼革命党人及拥护革命的人。
[⑤] 康有为(1858—1927):字广厦,号长素,广东南海人,清末维新运动领袖。他主张"变法维新",改君主专制为君主立宪。

⊙ 鲁迅手绘土偶图

【读书知味】

　　杀鸡，宰鹅，买猪肉，浸得通红的臂膊，有的还带着绞丝银镯子，横七竖八地插些筷子的"福礼"，这些细节构成一个热热闹闹的过年"祝福"仪式。这里既是点题，也起到烘托环境的作用：漫天大雪，热闹的祝福典礼，怎么看都应是一个祥和的春节，但作者却给出"乱成一团糟"的评语，不仅实写了场面的乱，更是在写"我"心绪之乱。

人剩在书房里。

第二天我起得很迟，午饭之后，出去看了几个本家和朋友；第三天也照样。他们也都没有什么大改变，单是老了些；家中却一律忙，都在准备着"祝福"①。这是鲁镇年终的大典，致敬尽礼，迎接福神，拜求来年一年中的好运气的。杀鸡，宰鹅，买猪肉，用心细细的洗，女人的臂膊都在水里浸得通红，有的还带着绞丝银镯子。煮熟之后，横七竖八的插些筷子在这类东西上，可就称为"福礼"了，五更天陈列起来，并且点上香烛，恭请福神们来享用；拜的却只限于男人，拜完自然仍然是放爆竹。年年如此，家家如此，——只要买得起福礼和爆竹之类的，——今年自然也如此。天色愈阴暗了，下午竟下起雪来，雪花大的有梅花那么大，满天飞舞，夹着烟霭和忙碌的气色，将鲁镇乱成一团糟。我回到四叔的书房里时，瓦楞上已经雪白，房里也映得较光明，极分明的显出壁上挂着的朱拓②的大"壽"字，陈抟③老祖写的；一边的对联已经脱落，松松的卷了放在长桌上，一边的还在，道是"事理通达心气和平"。我又无聊赖的到窗下的案头去一翻，只见一堆似乎未必完全的《康熙字典》④，一部《近思录集注》

---

① "祝福"：旧时江南一带每年年终的一种习俗。
② 朱拓：用银朱等红颜料从碑刻上拓下的文字或图形。
③ 陈抟（？—989）：五代时亳州真源（今河南鹿邑）人。后唐长庆间去考进士没考中，先后隐居武当山和华山修道。后人把他附会为"神仙"。
④ 《康熙字典》：清代康熙年间张玉书、陈廷敬等奉旨编纂的一部大型字典，康熙五十五年（1716）刊行。后文的《近思录集注》，是一部所谓理学入门书，宋代朱熹、吕祖谦选录周敦颐、程颢、程颐以及张载四人的文字编成，共十四卷。清代茅星来和江永分别为它作过集注。后文的《四书衬》，清代骆培著，是一部解说"四书"（《论语》《孟子》《大学》《中庸》）的书。

⊙ 初次刊载《祝福》的《东方》杂志

【读书知味】

　　从"我"的想离开，自然过渡到主要人物——祥林嫂出场。关于祥林嫂的肖像描写是纯静态的，就连点睛之笔——"只有那眼珠间或一轮"，仍然是在以动写静，这一段描写真"仿佛是木刻似的"，在刀劈斧刻似的线条中，赋予人物雕塑一样的感染力。"破碗，空的"，这句有意的倒装，不仅实写破碗之空，也在写人物精神麻木到空白的状态。　>>

和一部《四书衬》。无论如何,我明天决计要走了。

况且,一想到昨天遇见祥林嫂的事,也就使我不能安住。那是下午,我到镇的东头访过一个朋友,走出来,就在河边遇见她;而且见她瞪着的眼睛的视线,就知道明明是向我走来的。我这回在鲁镇所见的人们中,改变之大,可以说无过于她的了:五年前的花白的头发,即今已经全白,全不像四十上下的人;脸上瘦削不堪,黄中带黑,而且消尽了先前悲哀的神色,仿佛是木刻似的;只有那眼珠间或一轮,还可以表示她是一个活物。她一手提着竹篮,内中一个破碗,空的;一手拄着一支比她更长的竹竿,下端开了裂:她分明已经纯乎是一个乞丐了。

我就站住,豫备她来讨钱。

"你回来了?"她先这样问。

"是的。"

"这正好。你是识字的,又是出门人,见识得多。我正要问你一件事——"她那没有精采的眼睛忽然发光了。

我万料不到她却说出这样的话来,诧异的站着。

"就是——"她走近两步,放低了声音,极秘密似的切切的说,"一个人死了之后,究竟有没有魂灵的?"

我很悚然,一见她的眼钉着我的,背上也就遭了芒刺一般,比在学校里遇到不及豫防的临时考,教师又偏是站在身旁的时候,惶急得多了。对于魂灵的有无,我自己是向来毫不介意的;但在此刻,怎样回答她好呢?我在极短期的踌蹰中,想,这里的人照例相信鬼,然而她,却疑惑了,——或者不如说希望:希望其有,又希望其无……。人何必增添末路的人的苦恼,为

【读书知味】

　　"我"的"吞吞吐吐""支梧",尤其是最后连用两句的"我说不清",写出了"我"怕说出真相伤害到祥林嫂的心情。逃走后的"不安逸",是"我"对自己陷于"人之常情"而说谎的自责。对"说不清"的分析,则直指这是"我"推卸责任之举。因此"我""总觉得不安",这一段为祥林嫂最后的结局也埋下了不祥的伏笔。

>>

⊙ 电影《祥林嫂》海报

她起见,不如说有罢。

"也许有罢,——我想。"我于是吞吞吐吐的说。

"那么,也就有地狱了?"

"阿!地狱?"我很吃惊,只得支梧着,"地狱?——论理,就该也有。——然而也未必,……谁来管这等事……。"

"那么,死掉的一家的人,都能见面的?"

"唉唉,见面不见面呢?……"这时我已知道自己也还是完全一个愚人,什么踌躇,什么计画,都挡不住三句问。我即刻胆怯起来了,便想全翻过先前的话来,"那是,……实在,我说不清……。其实,究竟有没有魂灵,我也说不清。"

我乘她不再紧接的问,迈开步便走,匆匆的逃回四叔的家中,心里很觉得不安逸。自己想,我这答话怕于她有些危险。她大约因为在别人的祝福时候,感到自身的寂寞了,然而会不会含有别的什么意思的呢?——或者是有了什么豫感了?倘有别的意思,又因此发生别的事,则我的答话委实该负若干的责任……。但随后也就自笑,觉得偶尔的事,本没有什么深意义,而我偏要细细推敲,正无怪教育家要说是生着神经病;而况明明说过"说不清",已经推翻了答话的全局,即使发生什么事,于我也毫无关系了。

"说不清"是一句极有用的话。不更事的勇敢的少年,往往敢于给人解决疑问,选定医生,万一结果不佳,大抵反成了怨府[①],然而一用这说不清来作结束,便事事逍遥自在了。我在

---

① 怨府:大家怨恨的对象。

⊙ 鲁迅与郑振铎(西谛)合编的《北平笺谱》

【读书知味】

"无论如何,我明天决计要走了",这一句和前文要走时是一样的句式,但是想回去的理由发生了变化:之前是觉得气氛无聊杂乱,现在则是因为怕亲眼见证不祥预感成为现实。前文是厌烦,此句则是逃避,同样的句式体现了心理描写的层次感。

>>

这时,更感到这一句话的必要,即使和讨饭的女人说话,也是万不可省的。

但是我总觉得不安,过了一夜,也仍然时时记忆起来,仿佛怀着什么不祥的豫感;在阴沉的雪天里,在无聊的书房里,这不安愈加强烈了。不如走罢,明天进城去。福兴楼的清燉鱼翅,一元一大盘,价廉物美,现在不知增价了否?往日同游的朋友,虽然已经云散,然而鱼翅是不可不吃的,即使只有我一个……。无论如何,我明天决计要走了。

我因为常见些但愿不如所料,以为未必竟如所料的事,却每每恰如所料的起来,所以很恐怕这事也一律。果然,特别的情形开始了。傍晚,我竟听到有些人聚在内室里谈话,仿佛议论什么事似的,但不一会,说话声也就止了,只有四叔且走而且高声的说:

"不早不迟,偏偏要在这时候,——这就可见是一个谬种!"

我先是诧异,接着是很不安,似乎这话于我有关系。试望门外,谁也没有。好容易待到晚饭前他们的短工来冲茶,我才得了打听消息的机会。

"刚才,四老爷和谁生气呢?"我问。

"还不是和祥林嫂?"那短工简捷的说。

"祥林嫂?怎么了?"我又赶紧的问。

"老了。"

"死了?"我的心突然紧缩,几乎跳起来,脸上大约也变了色。但他始终没有抬头,所以全不觉。我也就镇定了自己,接着问:

⊙电影《祥林嫂》剧照

【读书知味】

　　"我"的预感证明是对的。但是与我对祥林嫂之死夹杂愧疚的担忧相比，周围人不是如鲁四老爷一样感到晦气，就是非常"淡然"。祥林嫂的麻木是被死后是否有灵魂这个想法折磨出来的，但是周围人面对一个生命的逝去，竟然也是麻木的。前者的麻木可悲可叹，后者的麻木显得自私、冷漠。　>>

"什么时候死的？"

"什么时候？——昨天夜里，或者就是今天罢。——我说不清。"

"怎么死的？"

"怎么死的？——还不是穷死的？"他淡然的回答，仍然没有抬头向我看，出去了。

然而我的惊惶却不过暂时的事，随着就觉得要来的事，已经过去，并不必仰仗我自己的"说不清"和他之所谓"穷死的"的宽慰，心地已经渐渐轻松；不过偶然之间，还似乎有些负疚。晚饭摆出来了，四叔俨然的陪着。我也还想打听些关于祥林嫂的消息，但知道他虽然读过"鬼神者二气之良能也"①，而忌讳仍然极多，当临近祝福时候，是万不可提起死亡疾病之类的话的；倘不得已，就该用一种替代的隐语，可惜我又不知道，因此屡次想问，而终于中止了。我从他俨然的脸色上，又忽而疑他正以为我不早不迟，偏要在这时候来打搅他，也是一个谬种，便立刻告诉他明天要离开鲁镇，进城去，趁早放宽了他的心。他也不很留。这样闷闷的吃完了一餐饭。

冬季日短，又是雪天，夜色早已笼罩了全市镇。人们都在灯下匆忙，但窗外很寂静。雪花落在积得厚厚的雪褥上面，听去似乎瑟瑟有声，使人更加感得沉寂。我独坐在发出黄光的菜油灯下，想，这百无聊赖的祥林嫂，被人们弃在尘芥堆中的，

---

① "鬼神者二气之良能也"：语出宋代张载的《张子全书·正蒙》，也见《近思录》。意思是：鬼神是阴阳二气自然变化而成的。

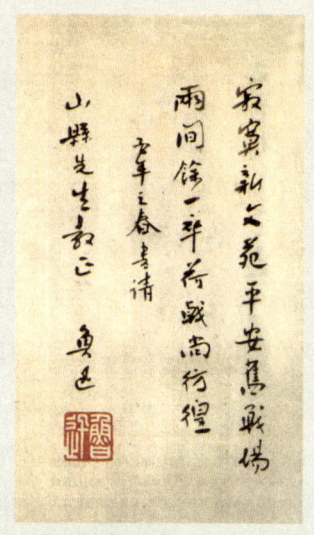

⊙鲁迅题《彷徨》

【读书知味】

"玩物"点明了祥林嫂的不幸在别人眼里不过是可以消遣的谈资,更为残酷的是,当这个"谈资"没有"新鲜感"了,就像旧物一样被"打扫"干净了,甚至还被嫌弃消失得"不是时候"。"渐渐的舒畅起来",不过是"我"面对这种冷漠的习惯势力的无奈。 >>

看得厌倦了的陈旧的玩物,先前还将形骸露在尘芥里,从活得有趣的人们看来,恐怕要怪讶她何以还要存在,现在总算被无常①打扫得干干净净了。魂灵的有无,我不知道;然而在现世,则无聊生者不生,即使厌见者不见,为人为己,也还都不错。我静听着窗外似乎瑟瑟作响的雪花声,一面想,反而渐渐的舒畅起来。

然而先前所见所闻的她的半生事迹的断片,至此也联成一片了。

她不是鲁镇人。有一年的冬初,四叔家里要换女工,做中人的卫老婆子带她进来了,头上扎着白头绳,乌裙,蓝夹袄,月白背心,年纪大约二十六七,脸色青黄,但两颊却还是红的。卫老婆子叫她祥林嫂,说是自己母家的邻舍,死了当家人,所以出来做工了。四叔皱了皱眉,四婶已经知道了他的意思,是在讨厌她是一个寡妇。但看她模样还周正,手脚都壮大,又只是顺着眼,不开一句口,很像一个安分耐劳的人,便不管四叔的皱眉,将她留下了。试工期内,她整天的做,似乎闲着就无聊,又有力,简直抵得过一个男子,所以第三天就定局,每月工钱五百文。

大家都叫她祥林嫂;没问她姓什么,但中人是卫家山人,既说是邻居,那大概也就姓卫了。她不很爱说话,别人问了才回答,答的也不多。直到十几天之后,这才陆续的知道她家里

---

① 无常:佛家语,原指世间一切事物都在变异灭坏的过程中;后引申为死的意思,也用作迷信传说中"勾魂使者"的名称。

【读书知味】

　　繁忙的祝福礼，前文是很多人一起合作，而此时的祥林嫂"比勤快的男人还勤快"，"全是一人担当"。就算这样辛苦，她还白胖了，有了笑影。这个充满活力的、健康的祥林嫂，和前文静态的祥林嫂形成鲜明的对比。　>>

⊙张小平油画：北京鲁迅故居春景

还有严厉的婆婆;一个小叔子,十多岁,能打柴了;她是春天没了丈夫的;他本来也打柴为生,比她小十岁:大家所知道的就只是这一点。

日子很快的过去了,她的做工却毫没有懈,食物不论,力气是不惜的。人们都说鲁四老爷家里雇着了女工,实在比勤快的男人还勤快。到年底,扫尘,洗地,杀鸡,宰鹅,彻夜的煮福礼,全是一人担当,竟没有添短工。然而她反满足,口角边渐渐的有了笑影,脸上也白胖了。

新年才过,她从河边淘米回来时,忽而失了色,说刚才远远地看见一个男人在对岸徘徊,很像夫家的堂伯,恐怕是正为寻她而来的。四婶很惊疑,打听底细,她又不说。四叔一知道,就皱一皱眉,道:

"这不好。恐怕她是逃出来的。"

她诚然是逃出来的,不多久,这推想就证实了。

此后大约十几天,大家正已渐渐忘却了先前的事,卫老婆子忽而带了一个三十多岁的女人进来了,说那是祥林嫂的婆婆。那女人虽是山里人模样,然而应酬很从容,说话也能干,寒暄之后,就赔罪,说她特来叫她的儿媳回家去,因为开春事务忙,而家中只有老的和小的,人手不够了。

"既是她的婆婆要她回去,那有什么话可说呢。"四叔说。

于是算清了工钱,一共一千七百五十文,她全存在主人家,一文也还没有用,便都交给她的婆婆。那女人又取了衣服,道过谢,出去了。其时已经是正午。

"阿呀,米呢?祥林嫂不是去淘米的么?……"好一会,

⊙ 电影《祥林嫂》剧照

四婶这才惊叫起来。她大约有些饿，记得午饭了。

于是大家分头寻淘箩。她先到厨下，次到堂前，后到卧房，全不见淘箩的影子。四叔踱出门外，也不见，直到河边，才见平平正正的放在岸上，旁边还有一株菜。

看见的人报告说，河里面上午就泊了一只白篷船，篷是全盖起来的，不知道什么人在里面，但事前也没有人去理会他。待到祥林嫂出来淘米，刚刚要跪下去，那船里便突然跳出两个男人来，像是山里人，一个抱住她，一个帮着，拖进船去了。祥林嫂还哭喊了几声，此后便再没有什么声息，大约给用什么堵住了罢。接着就走上两个女人来，一个不认识，一个就是卫婆子。窥探舱里，不很分明，她像是捆了躺在船板上。

"可恶！然而……。"四叔说。

这一天是四婶自己煮午饭；他们的儿子阿牛烧火。

午饭之后，卫老婆子又来了。

"可恶！"四叔说。

"你是什么意思？亏你还会再来见我们。"四婶洗着碗，一见面就愤愤的说，"你自己荐她来，又合伙劫她去，闹得沸反盈天的，大家看了成个什么样子？你拿我们家里开玩笑么？"

"阿呀阿呀，我真上当。我这回，就是为此特地来说说清楚的。她来求我荐地方，我那里料得到是瞒着她的婆婆的呢。对不起，四老爷，四太太。总是我老发昏不小心，对不起主顾。幸而府上是向来宽洪大量，不肯和小人计较的。这回我一定荐一个好的来折罪……。"

"然而……。"四叔说。

⊙ 收录《祝福》的鲁迅小说集《彷徨》封面

【读书知味】

　　祥林嫂在婆家看来，不过是可以卖出去的货物，婆家为了成功"卖货"，不惜强行绑架她。围观的人竟然没有帮忙的，只是回来报告这个"热闹"。对于祥林嫂的被劫，鲁四老爷和四婶不仅没有显露出丝毫的同情，反而把祥林嫂的不幸看作是给自己家找麻烦。惦念她的四婶，不是因为对祥林嫂有感情，只是需要这样一个"能做"的女工。祥林嫂不仅是身份上的寡妇，更是精神上的寡妇——没有人怜悯同情的孤家寡人。　>>

于是祥林嫂事件便告终结，不久也就忘却了。

只有四婶，因为后来雇用的女工，大抵非懒即馋，或者馋而且懒，左右不如意，所以也还提起祥林嫂。每当这些时候，她往往自言自语的说，"她现在不知道怎么样了？"意思是希望她再来。但到第二年的新正①，她也就绝了望。

新正将尽，卫老婆子来拜年了，已经喝得醉醺醺的，自说因为回了一趟卫家山的娘家，住下几天，所以来得迟了。她们问答之间，自然就谈到祥林嫂。

"她么？"卫老婆子高兴的说，"现在是交了好运了。她婆婆来抓她回去的时候，是早已许给了贺家墺的贺老六的，所以回家之后不几天，也就装在花轿里抬去了。"

"阿呀，这样的婆婆！……"四婶惊奇的说。

"阿呀，我的太太！你真是大户人家的太太的话。我们山里人，小户人家，这算得什么？她有小叔子，也得娶老婆。不嫁了她，那有这一注钱来做聘礼？她的婆婆倒是精明强干的女人呵，很有打算，所以就将她嫁到里山去。倘许给本村人，财礼就不多；惟独肯嫁进深山野墺里去的女人少，所以她就到手了八十千②。现在第二个儿子的媳妇也娶进了，财礼只花了五十，除去办喜事的费用，还剩十多千。吓，你看，这多么好打算？……"

"祥林嫂竟肯依？……"

---

① 新正：指农历的正月。
② 八十千：旧时以一千文钱为一贯或一吊，所以几千文钱也称为几贯或几吊，但也有些地方直称为多少千。八十千即八十吊。

⊙鲁迅在砖塔胡同61号旧居一角

【读书知味】

  一头撞在香案角上的祥林嫂,依然表现了她"动"的一面,前边是逃离婆家,这里是自杀,其一是她受到守寡礼教的毒害,其二则是她并不甘心被别人随意摆布。下文她与儿子的"胖",则显示出贺老六对她的好。

           >>

"这有什么依不依。——闹是谁也总要闹一闹的;只要用绳子一捆,塞在花轿里,抬到男家,捺上花冠,拜堂,关上房门,就完事了。可是祥林嫂真出格,听说那时实在闹得利害,大家还都说大约因为在念书人家做过事,所以与众不同呢。太太,我们见得多了:回头人出嫁,哭喊的也有,说要寻死觅活的也有,抬到男家闹得拜不成天地的也有,连花烛都砸了的也有。祥林嫂可是异乎寻常,他们说她一路只是嚎,骂,抬到贺家墺,喉咙已经全哑了。拉出轿来,两个男人和她的小叔子使劲的擒住她也还拜不成天地。他们一不小心,一松手,阿呀,阿弥陀佛,她就一头撞在香案角上,头上碰了一个大窟窿,鲜血直流,用了两把香灰,包上两块红布还止不住血呢。直到七手八脚的将她和男人反关在新房里,还是骂,阿呀呀,这真是……。"她摇一摇头,顺下眼睛,不说了。

"后来怎么样呢?"四婶还问。

"听说第二天也没有起来。"她抬起眼来说。

"后来呢?"

"后来?——起来了。她到年底就生了一个孩子,男的,新年就两岁了。我在娘家这几天,就有人到贺家墺去,回来说看见他们娘儿俩,母亲也胖,儿子也胖;上头又没有婆婆;男人所有的是力气,会做活;房子是自家的。——唉唉,她真是交了好运了。"

从此之后,四婶也就不再提起祥林嫂。

但有一年的秋季,大约是得到祥林嫂好运的消息之后的又过了两个新年,她竟又站在四叔家的堂前了。桌上放着一个荸

⊙ 电影《祝福》海报

【读书知味】

　　前一次丈夫死，祥林嫂青黄脸上还有红色，这一次夫死子亡，则让她的脸失去血色。面对老主人，一样的低眉顺眼，前一次是驯顺，这一次却是悲凉——但与最后一次"我"见到的祥林嫂相比，此时她至少还能哭出来。　>>

荠式的圆篮，檐下一个小铺盖。她仍然头上扎着白头绳，乌裙，蓝夹袄，月白背心，脸色青黄，只是两颊上已经消失了血色，顺着眼，眼角上带些泪痕，眼光也没有先前那样精神了。而且仍然是卫老婆子领着，显出慈悲模样，絮絮的对四婶说：

"……这实在是叫作'天有不测风云'，她的男人是坚实人，谁知道年纪青青，就会断送在伤寒上？本来已经好了的，吃了一碗冷饭，复发了。幸亏有儿子；她又能做，打柴摘茶养蚕都来得，本来还可以守着，谁知道那孩子又会给狼衔去的呢？春天快完了，村上倒反来了狼，谁料到？现在她只剩了一个光身了。大伯来收屋，又赶她。她真是走投无路了，只好来求老主人。好在她现在已经再没有什么牵挂，太太家里又凑巧要换人，所以我就领她来。——我想，熟门熟路，比生手实在好得多……。"

"我真傻，真的，"祥林嫂抬起她没有神采的眼睛来，接着说。"我单知道下雪的时候野兽在山墺里没有食吃，会到村里来；我不知道春天也会有。我一清早起来就开了门，拿小篮盛了一篮豆，叫我们的阿毛坐在门槛上剥豆去。他是很听话的，我的话句句听；他出去了。我就在屋后劈柴，淘米，米下了锅，要蒸豆。我叫阿毛，没有应，出去一看，只见豆撒得一地，没有我们的阿毛了。他是不到别家去玩的；各处去一问，果然没有。我急了，央人出去寻。直到下半天，寻来寻去寻到山墺里，看见刺柴上挂着一只他的小鞋。大家都说，糟了，怕是遭了狼了。再进去；他果然躺在草窠里，肚里的五脏已经都给吃空了，手上还紧紧的捏着那只小篮呢。……"她接着但是呜咽，说不

【读书知味】

　　面对祥林嫂夫死子亡的遭遇，四婶开始是同情的，却因为鲁四老爷对祥林嫂再嫁这"败坏风俗"的"劣迹"提出的忌讳，让四婶也变为忌讳和防范。"转了几个圆圈"和"疑惑"，都显示了祥林嫂隐隐感觉被排斥的困惑与无助。镇上的人的态度也是冷冷的，让被冷漠包围的祥林嫂更需要倾诉。　>>

⊙ 电影《祥林嫂》剧照

出成句的话来。

四婶起初还踌蹰,待到听完她自己的话,眼圈就有些红了。她想了一想,便教拿圆篮和铺盖到下房去。卫老婆子仿佛卸了一肩重担似的嘘一口气;祥林嫂比初来时候神气舒畅些,不待指引,自己驯熟的安放了铺盖。她从此又在鲁镇做女工了。

大家仍然叫她祥林嫂。

然而这一回,她的境遇却改变得非常大。上工之后的两三天,主人们就觉得她手脚已没有先前一样灵活,记性也坏得多,死尸似的脸上又整日没有笑影,四婶的口气上,已颇有些不满了。当她初到的时候,四叔虽然照例皱过眉,但鉴于向来雇用女工之难,也就并不大反对,只是暗暗地告诫四婶说,这种人虽然似乎很可怜,但是败坏风俗的,用她帮忙还可以,祭祀时候可用不着她沾手,一切饭菜,只好自己做,否则,不干不净,祖宗是不吃的。

四叔家里最重大的事件是祭祀,祥林嫂先前最忙的时候也就是祭祀,这回她却清闲了。桌子放在堂中央,系上桌帏,她还记得照旧的去分配酒杯和筷子。

"祥林嫂,你放着罢!我来摆。"四婶慌忙的说。

她讪讪的缩了手,又去取烛台。

"祥林嫂,你放着罢!我来拿。"四婶又慌忙的说。

她转了几个圆圈,终于没有事情做,只得疑惑的走开。她在这一天可做的事是不过坐在灶下烧火。

镇上的人们也仍然叫她祥林嫂,但音调和先前很不同;也还和她讲话,但笑容却冷冷的了。她全不理会那些事,只是直

⊙《祝福》（斯诺译中英文对照本）

【读书知味】

　　众人在第一次听祥林嫂说自己的遭遇时，男人"没趣"地走开去，"没趣"正表现了男人们来听是要作为消遣的，但实在不能消遣，所以无趣走开；女人则"陪出许多眼泪来"，有同情，但是更多的是像看悲剧后的"入戏"。"有些老女人"眼泪是"停在眼角上"的，最后叹息一番"满足"地去了，就像我们看了一出悲剧，散场了，眼泪没有了，多了可以交流的谈资。

着眼睛,和大家讲她自己日夜不忘的故事:

"我真傻,真的,"她说。"我单知道雪天是野兽在深山里没有食吃,会到村里来;我不知道春天也会有。我一大早起来就开了门,拿小篮盛了一篮豆,叫我们的阿毛坐在门槛上剥豆去。他是很听话的孩子,我的话句句听;他就出去了。我就在屋后劈柴,淘米,米下了锅,打算蒸豆。我叫,'阿毛!'没有应。出去一看,只见豆撒得满地,没有我们的阿毛了。各处去一问,都没有。我急了,央人去寻去。直到下半天,几个人寻到山墺里,看见刺柴上挂着一只他的小鞋。大家都说,完了,怕是遭了狼了。再进去;果然,他躺在草窠里,肚里的五脏已经都给吃空了,可怜他手里还紧紧的捏着那只小篮呢。……"她于是淌下眼泪来,声音也呜咽了。

这故事倒颇有效,男人听到这里,往往敛起笑容,没趣的走了开去;女人们却不独宽恕了她似的,脸上立刻改换了鄙薄的神气,还要陪出许多眼泪来。有些老女人没有在街头听到她的话,便特意寻来,要听她这一段悲惨的故事。直到她说到呜咽,她们也就一齐流下那停在眼角上的眼泪,叹息一番,满足的去了,一面还纷纷的评论着。

她就只是反复的向人说她悲惨的故事,常常引住了三五个人来听她。但不久,大家也都听得纯熟了,便是最慈悲的念佛的老太太们,眼里也再不见有一点泪的痕迹。后来全镇的人们几乎都能背诵她的话,一听到就烦厌得头痛。

"我真傻,真的,"她开首说。

"是的,你是单知道雪天野兽在深山里没有食吃,才会到

⊙鲁迅藏日本版画《雪》

【读书知味】

祥林嫂从众人最初的反应中,以为这样的叙说不仅可以倾诉自己的悲伤,也可以获得别人的同情与接纳,因此一遍遍地说,但是她感受中的遭遇和别人感受中的一出"戏"形成了认识的反差,因此最后她的叙述遭到别人的厌弃和嘲笑,就是必然的。

>>

村里来的。"他们立即打断她的话,走开去了。

她张着口怔怔的站着,直着眼睛看他们,接着也就走了,似乎自己也觉得没趣。但她还妄想,希图从别的事,如小篮,豆,别人的孩子上,引出她的阿毛的故事来。倘一看见两三岁的小孩子,她就说:

"唉唉,我们的阿毛如果还在,也就有这么大了。……"

孩子看见她的眼光就吃惊,牵着母亲的衣襟催她走。于是又只剩下她一个,终于没趣的也走了。后来大家又都知道了她的脾气,只要有孩子在眼前,便似笑非笑的先问她,道:

"祥林嫂,你们的阿毛如果还在,不是也就有这么大了么?"

她未必知道她的悲哀经大家咀嚼赏鉴了许多天,早已成为渣滓,只值得烦厌和唾弃;但从人们的笑影上,也仿佛觉得这又冷又尖,自己再没有开口的必要了。她单是一瞥他们,并不回答一句话。

鲁镇永远是过新年,腊月二十以后就忙起来了。四叔家里这回须雇男短工,还是忙不过来,另叫柳妈做帮手,杀鸡,宰鹅;然而柳妈是善女人①,吃素,不杀生的,只肯洗器皿。祥林嫂除烧火之外,没有别的事,却闲着了,坐着只看柳妈洗器皿。微雪点点的下来了。

"唉唉,我真傻,"祥林嫂看了天空,叹息着,独语似的说。

"祥林嫂,你又来了。"柳妈不耐烦的看着她的脸,说。"我问你:你额角上的伤疤,不就是那时撞坏的么?"

---

① 善女人:佛家语,指信佛的女人。

⊙ 北京鲁迅故居一角

【读书知味】

　　柳妈对祥林嫂的"提醒",虽然有嘲笑与指责的成分,但是为她提出"捐门槛"的建议,应该还是出于好心。但是她认为是"好心"的提醒,却在众人的偏见和冷漠中,反而把祥林嫂推向了绝望,甚至恐怖的深渊。对比前文"我"出于好心而不敢直言地狱的子虚乌有,祥林嫂最大的悲剧反而是好人造成的。好人造成的悲剧其实比恶人制造的悲剧更为可悲,当好人也在用瞒和骗行善时,祥林嫂就更不可能得到真诚的关心。　　　　　　>>

"唔唔。"她含胡的回答。

"我问你：你那时怎么后来竟依了呢？"

"我么？……"

"你呀。我想：这总是你自己愿意了，不然……。"

"阿阿，你不知道他力气多么大呀。"

"我不信。我不信你这么大的力气，真会拗他不过。你后来一定是自己肯了，倒推说他力气大。"

"阿阿，你……你倒自己试试看。"她笑了。

柳妈的打皱的脸也笑起来，使她蹙缩得像一个核桃；干枯的小眼睛一看祥林嫂的额角，又钉住她的眼。祥林嫂似乎很局促了，立刻敛了笑容，旋转眼光，自去看雪花。

"祥林嫂，你实在不合算。"柳妈诡秘的说。"再一强，或者索性撞一个死，就好了。现在呢，你和你的第二个男人过活不到两年，倒落了一件大罪名。你想，你将来到阴司①去，那两个死鬼的男人还要争，你给了谁好呢？阎罗大王只好把你锯开来，分给他们。我想，这真是……。"

她脸上就显出恐怖的神色来，这是在山村里所未曾知道的。

"我想，你不如及早抵当。你到土地庙里去捐一条门槛，当作你的替身，给千人踏，万人跨，赎了这一世的罪名，免得死了去受苦。"

她当时并不回答什么话，但大约非常苦闷了，第二天早上起来的时候，两眼上便都围着大黑圈。早饭之后，她便到镇的

---

① 阴司：指阴间。

⊙ 因果图鉴。这是旧社会百姓迷信的想法

西头的土地庙里去求捐门槛,庙祝①起初执意不允许,直到她急得流泪,才勉强答应了。价目是大钱十二千。

她久已不和人们交口,因为阿毛的故事是早被大家厌弃了的;但自从和柳妈谈了天,似乎又即传扬开去,许多人都发生了新趣味,又来逗她说话了。至于题目,那自然是换了一个新样,专在她额上的伤疤。

"祥林嫂,我问你:你那时怎么竟肯了?"一个说。

"唉,可惜,白撞了这一下。"一个看着她的疤,应和道。

她大约从他们的笑容和声调上,也知道是在嘲笑她,所以总是瞪着眼睛,不说一句话,后来连头也不回了。她整日紧闭了嘴唇,头上带着大家以为耻辱的记号的那伤痕,默默的跑街,扫地,洗菜,淘米。快够一年,她才从四婶手里支取了历来积存的工钱,换算了十二元鹰洋②,请假到镇的西头去。但不到一顿饭时候,她便回来,神气很舒畅,眼光也分外有神,高兴似的对四婶说,自己已经在土地庙捐了门槛了。

冬至的祭祖时节,她做得更出力,看四婶装好祭品,和阿牛将桌子抬到堂屋中央,她便坦然的去拿酒杯和筷子。

"你放着罢,祥林嫂!"四婶慌忙大声说。

她像是受了炮烙③似的缩手,脸色同时变作灰黑,也不再去取烛台,只是失神的站着。直到四叔上香的时候,教她走开,她才走开。这一回她的变化非常大,第二天,不但眼睛窈陷下去,

---

① 庙祝:旧时庙宇中管理香火的人。
② 鹰洋:指墨西哥银元,币面铸有鹰的图案。鸦片战争后曾大量流入我国。
③ 炮烙:亦作炮格,相传为殷纣王时的一种酷刑。

⊙ 北京鲁迅故居屋内一景

【读书知味】

　　结尾通过"我"被爆竹声惊醒，再一次回到文章开头"祝福"的场面。对祥林嫂的忌讳和对祝福贡品带来好运的期盼，其实都是基于对鬼神带来幸福或灾祸的笃定的迷信，祥林嫂的不幸是偶然的，结局却是必然的。辛亥革命之后的小镇，一切都没有变。　　>>

连精神也更不济了。而且很胆怯，不独怕暗夜，怕黑影，即使看见人，虽是自己的主人，也总惴惴的，有如在白天出穴游行的小鼠；否则呆坐着，直是一个木偶人。不半年，头发也花白起来了，记性尤其坏，甚而至于常常忘却了去淘米。

"祥林嫂怎么这样了？倒不如那时不留她。"四婶有时当面就这样说，似乎是警告她。

然而她总如此，全不见有怜悧①起来的希望。他们于是想打发她走了，教她回到卫老婆子那里去。但当我还在鲁镇的时候，不过单是这样说；看现在的情状，可见后来终于实行了。然而她是从四叔家出去就成了乞丐的呢，还是先到卫老婆子家然后再成乞丐的呢？那我可不知道。

我给那些因为在近旁而极响的爆竹声惊醒，看见豆一般大的黄色的灯火光，接着又听得毕毕剥剥的鞭炮，是四叔家正在"祝福"了；知道已是五更将近时候。我在蒙胧中，又隐约听到远处的爆竹声联绵不断，似乎合成一天音响的浓云，夹着团团飞舞的雪花，拥抱了全市镇。我在这繁响的拥抱中，也懒散而且舒适，从白天以至初夜的疑虑，全给祝福的空气一扫而空了，只觉得天地圣众歆享了牲醴和香烟，都醉醺醺的在空中蹒跚，豫备给鲁镇的人们以无限的幸福。

一九二四年二月七日。

---

① 怜悧：同"伶俐"，机灵、灵活的意思。

妙笔寻味

《祝福》中,鲁迅塑造了现代文学史上又一经典形象——祥林嫂。在这个形象的塑造过程中,作者通过对人物的肖像和语言的描写,生动地展现了祥林嫂的境遇和心理状态。在动与静两极的捕捉中,作者为人物形象赋予了咏叹调般的感染力。

祥林嫂的第一次出场,就是她人生的落幕,作者主要捕捉的是祥林嫂整体静的状态:连"心灵的窗户"都几乎处于关闭状态——眼睛"间或一轮",四十上下的人头发已经全白,脸"瘦削不堪""黄中带黑",手持的"破碗"是"空的",扶着的竹竿已经"开了裂"。正如作者文中所总结的,这是有"木刻"的效果——颜色单调,线条突出,表情凝固。美术史上,很多木刻大师都曾以祥林嫂为主题创作过出色的版画形象,这与作者出色的线条捕捉是分不开的。静的状态勾勒出主人公对生的绝望、对死的恐惧，两种情绪长期相互撕扯而折磨得主人公毫无生气。

祥林嫂的第二次出场，主旋律则是"动"的。黄中带青的脸，两颊是还有红润的，头上扎着白头绳，乌裙，蓝夹袄，月白背心，证明她虽然寡居境遇不好，但对生活还是充满希望的，有着自己的体面和尊严。因此她能主动逃离婆家，通过似乎永远没有停止的辛勤劳动，体现自己的价值，改善自己的命运。

祥林嫂的第三次出场，则是半动半静的——黄中带青的脸没有了红润，腼腆的状态变为更为沉默，眼中含泪。祥林嫂在做事时已经没有原来的利落、勤快，而是经常发呆（静）。但是一直处于沉默状态的祥林嫂，突然变为总想对别人倾诉不幸遭遇的"话痨"，拼命努力挣够"捐门槛"的钱，摆脱地狱惩罚的恐惧。而这些动态却在她"梦想成真（捐了门槛）"之时，以"你放着罢，祥林嫂"的面貌出现，给了她当头棒喝，让她彻底变为静态。

在人际交往中，我们通常被告诫不要"以貌取人"，但是一个人的精神状态、生活境遇，却往往能通过人物的外貌和神态感受到。因此，在写作中，"以貌取人"恰是一个很好的塑造人物心理与生活状态的途径。孔子曾说过，了解一个人要"听其言，观其行"，言为心声，如果能再注意配合人物的语言描写，对于塑造人物形象，会更为传神。

请通过对一个人物的静态与动态两种肖像描写，表现人物不同的心理状态和人生境遇。

示众

　　这篇小说几乎没有情节,更没有主角,所描写的也不过是"几乎无事的悲剧",可是为何却被钱理群先生盛赞为"代表20世纪中国短篇小说艺术最高水平的"小说之一?大概是因为它将看客心态这种国民劣根性描绘得最为淋漓尽致吧。鲁迅花尽笔力来描写看客心态,目的就在于唤醒麻木的看客,打破那让人窒息的"铁屋子"。

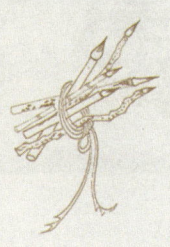

【读书知味】

　　作者渲染天气的炎热,实际是在衬托人间的冷漠。奔跑的车夫看着很活跃,外在表现却是默默的;卖包子的胖孩子本该热情推销,却是无精打采,睡意蒙眬的,就连馒头包子都毫无热气——这可能是真的没有热气,更可能是人心冷漠到觉得热包子都是凉的。　>>

⊙ 民国时期小市旧照

示众[1]

  首善之区[2]的西城的一条马路上,这时候什么扰攘也没有。火焰焰的太阳虽然还未直照,但路上的沙土仿佛已是闪烁地生光;酷热满和在空气里面,到处发挥着盛夏的威力。许多狗都拖出舌头来,连树上的乌老鸦也张着嘴喘气,——但是,自然也有例外的。远处隐隐有两个铜盏[3]相击的声音,使人忆起酸梅汤,依稀感到凉意,可是那懒懒的单调的金属音的间作,却使那寂静更其深远了。

  只有脚步声,车夫默默地前奔,似乎想赶紧逃出头上的烈日。

  "热的包子咧!刚出屉的……。"

  十一二岁的胖孩子,细着眼睛,歪了嘴在路旁的店门前叫喊。声音已经嘶嗄了,还带些睡意,如给夏天的长日催眠。他旁边的破旧桌子上,就有二三十个馒头包子,毫无热气,冷冷地坐着。

  "荷阿!馒头包子咧,热的……。"

---

[1] 本篇最初发表于1925年4月13日北京《语丝》周刊第二十二期。
[2] 首善之区:指首都。《汉书·儒林传》载:"故教化之行也,建首善,自京师始。"这里指北洋军阀时代的首都北京。
[3] 铜盏:一种杯状小铜器。旧时北京卖酸梅汤的商贩,常用两个铜盏相击,发出有节奏的声音,以招引顾客。

○鲁迅在砖塔胡同61号旧居

【读书知味】

　　本该被围观"示众"的材料——"白背心",在被看的同时,也在看这些看客。于是就有了这样的循环:胖孩子看"白背心"——"白背心"观察胖孩子——"白背心"去观察秃头——胖孩子看"白背心"观察秃头,也去观察秃头……人人是看客,人人又被看,一个循环的"生物圈",所关注的就是看,看什么好像并没有那么重要。

>>

像用力掷在墙上而反拨过来的皮球一般,他忽然飞在马路的那边了。在电杆旁,和他对面,正向着马路,其时也站定了两个人:一个是淡黄制服的挂刀的面黄肌瘦的巡警,手里牵着绳头,绳的那头就拴在别一个穿蓝布大衫上罩白背心的男人的臂膊上。这男人戴一顶新草帽,帽檐四面下垂,遮住了眼睛的一带。但胖孩子身体矮,仰起脸来看时,却正撞见这人的眼睛了。那眼睛也似乎正在看他的脑壳。他连忙顺下眼,去看白背心,只见背心上一行一行地写着些大大小小的什么字。

刹时间,也就围满了大半圈的看客。待到增加了秃头的老头子之后,空缺已经不多,而立刻又被一个赤膊的红鼻子胖大汉补满了。这胖子过于横阔,占了两人的地位,所以续到的便只能屈在第二层,从前面的两个脖子之间伸进脑袋去。

秃头站在白背心的略略正对面,弯了腰,去研究背心上的文字,终于读起来:

"嗡,都,哼,八,而,⋯⋯"

胖孩子却看见那白背心正研究着这发亮的秃头,他也便跟着去研究,就只见满头光油油的,耳朵左近还有一片灰白色的头发,此外也不见得有怎样新奇。但是后面的一个抱着孩子的老妈子却想乘机挤进来了;秃头怕失了位置,连忙站直,文字虽然还未读完,然而无可奈何,只得另看白背心的脸:草帽檐下半个鼻子,一张嘴,尖下巴。

又像用了力掷在墙上而反拨过来的皮球一般,一个小学生飞奔上来,一手按住了自己头上的雪白的小布帽,向人丛中直钻进去。但他钻到第三——也许是第四——层,竟遇见一件不

⊙民国"示众"老照片

【读书知味】

　　"工人似的粗人"一句"他,犯了什么事啦",本来是问为什么围观的点子上了,却遭到在秃头"引领"下的众人的侧目而视。秃头的不满,有可能是觉得这种简单问题根本不屑回答,但从他念的那几个前言不搭后语的字来看,他可能也认识不了几个字,只是在那里装模作样。这个"工人似的粗人"问他的话,就像揭他的短。其他人则用侧目而视显出自己很明白内情的样子,以彰显自己的优越。　>>

可动摇的伟大的东西了,抬头看时,蓝裤腰上面有一座赤条条的很阔的背脊,背脊上还有汗正在流下来。他知道无可措手,只得顺着裤腰右行,幸而在尽头发见了一条空处,透着光明。他刚刚低头要钻的时候,只听得一声"什么",那裤腰以下的屁股向右一歪,空处立刻闭塞,光明也同时不见了。

但不多久,小学生却从巡警的刀旁边钻出来了。他诧异地四顾:外面围着一圈人,上首是穿白背心的,那对面是一个赤膊的胖小孩,胖小孩后面是一个赤膊的红鼻子胖大汉。他这时隐约悟出先前的伟大的障碍物的本体了,便惊奇而且佩服似的只望着红鼻子。胖小孩本是注视着小学生的脸的,于是也不禁依了他的眼光,回转头去了,在那里是一个很胖的奶子,奶头四近有几枝很长的毫毛。

"他,犯了什么事啦?……"

大家都愕然看时,是一个工人似的粗人,正在低声下气地请教那秃头老头子。

秃头不作声,单是睁起了眼睛看定他。他被看得顺下眼光去,过一会再看时,秃头还是睁起了眼睛看定他,而且别的人也似乎都睁了眼睛看定他。他于是仿佛自己就犯了罪似的局促起来,终至于慢慢退后,溜出去了。一个挟洋伞的长子就来补了缺;秃头也旋转脸去再看白背心。

长子弯了腰,要从垂下的草帽檐下去赏识白背心的脸,但不知道为什么忽又站直了。于是他背后的人们又须竭力伸长了脖子;有一个瘦子竟至于连嘴都张得很大,像一条死鲈鱼。

巡警,突然间,将脚一提,大家又愕然,赶紧都看他的脚;

201

⊙ "老虎尾巴"——北京鲁迅旧居内鲁迅的卧室兼工作室

【读书知味】

　　胖孩子被弥勒佛似的大汉打,却转过头推比他弱的小学生,欺软怕硬与他前面的盲从都是一脉相承的。大汉"弥勒佛"式的外形和他的行为形成了强烈的反讽效果。前后文两次提到"屁股一歪",塞住空隙,不仅勾勒出形体的胖,也表现出人物行动的"胖"——肆意地横冲直撞。冷峻的白描手法,不仅勾勒出人物形象,也营造出冷静的"示众"氛围。　　　　　　　>>

然而他又放稳了,于是又看白背心。长子忽又弯了腰,还要从垂下的草帽檐下去窥测,但即刻也就立直,擎起一只手来拚命搔头皮。

秃头不高兴了,因为他先觉得背后有些不太平,接着耳朵边就有唧咕唧咕的声响。他双眉一锁,回头看时,紧挨他右边,有一只黑手拿着半个大馒头正在塞进一个猫脸的人的嘴里去。他也就不说什么,自去看白背心的新草帽了。

忽然,就有暴雷似的一击,连横阔的胖大汉也不免向前一踉跄。同时,从他肩膊上伸出一只胖得不相上下的臂膊来,展开五指,拍的一声正打在胖孩子的脸颊上。

"好快活!你妈的……"同时,胖大汉后面就有一个弥勒佛①似的更圆的胖脸这么说。

胖孩子也踉跄了四五步,但是没有倒,一手按着脸颊,旋转身,就想从胖大汉的腿旁的空隙间钻出去。胖大汉赶忙站稳,并且将屁股一歪,塞住了空隙,恨恨地问道:

"什么?"

胖孩子就像小鼠子落在捕机里似的,仓皇了一会,忽然向小学生那一面奔去,推开他,冲出去了。小学生也返身跟出去了。

"吓,这孩子……。"总有五六个人都这样说。

待到重归平静,胖大汉再看白背心的脸的时候,却见白背心正在仰面看他的胸脯;他慌忙低头也看自己的胸脯时,只见两乳之间的洼下的坑里有一片汗,他于是用手掌拂去了

---

① 弥勒佛:佛教菩萨之一。常见的他的塑像是胖圆笑脸,袒胸露腹,俗称大肚子弥勒佛。

⊙ 砖塔胡同的砖塔。砖塔胡同是北京最古老的胡同之一，鲁迅在此居住过一段时间

【读书知味】

　　带小孩的老妈子嘴里说的"多么好看哪"和现场的无聊场景形成鲜明的对比，真的有什么好看的吗？无论是挟洋伞的长子皱眉疾视"死鲈鱼"，还是秃头正仰视电杆上钉着的红牌上的四个白字，还有胖大汉和巡警研究老妈子的钩刀般的鞋尖，有什么值得看的吗？可这群看客确实在津津有味地看——并且是互相看，都在努力找到那个能围观的点。　》》

这些汗。

然而形势似乎总不甚太平了。抱着小孩的老妈子因为在骚扰时四顾,没有留意,头上梳着的喜鹊尾巴似的"苏州俏"①便碰了站在旁边的车夫的鼻梁。车夫一推,却正推在孩子上;孩子就扭转身去,向着圈外,嚷着要回去了。老妈子先也略略一跄踉,但便即站定,旋转孩子来使他正对白背心,一手指点着,说道:

"阿,阿,看呀!多么好看哪!……"

空隙间忽而探进一个戴硬草帽的学生模样的头来,将一粒瓜子之类似的东西放在嘴里,下颚向上一磕,咬开,退出去了。这地方就补上了一个满头油汗而粘着灰土的椭圆脸。

挟洋伞的长子也已经生气,斜下了一边的肩膊,皱眉疾视着肩后的死鲈鱼。大约从这么大的大嘴里呼出来的热气,原也不易招架的,而况又在盛夏。秃头正仰视那电杆上钉着的红牌上的四个白字,仿佛很觉得有趣。胖大汉和巡警都斜了眼研究着老妈子的钩刀般的鞋尖。

"好!"

什么地方忽有几个人同声喝采。都知道该有什么事情起来了,一切头便全数回转去。连巡警和他牵着的犯人也都有些摇动了。

"刚出屉的包子咧!荷阿,热的……。"

路对面是胖孩子歪着头,磕睡似的长呼;路上是车夫们默

---

① "苏州俏":旧时妇女所梳发髻的一种式样,先流行于苏州一带,故有此称。

【读书知味】

　　这些看客最后又被其他的"热闹"吸引走，胖孩子继续卖他的包子，这些场面和开始围观时互相看的场面形成一个轮回。这种轮回不仅有文章前后呼应的需要，也是用这种轮回暗示了围观者与被围观者的无聊循环，是这个社会的常态。
>>

⊙民国时期包子铺。鲁迅《示众》中的包子铺原型就在砖塔胡同

默地前奔，似乎想赶紧逃出头上的烈日。大家都几乎失望了，幸而放出眼光去四处搜索，终于在相距十多家的路上，发现了一辆洋车停放着，一个车夫正在爬起来。

圆阵立刻散开，都错错落落地走过去。胖大汉走不到一半，就歇在路边的槐树下；长子比秃头和椭圆脸走得快，接近了。车上的坐客依然坐着，车夫已经完全爬起，但还在摩自己的膝髁。周围有五六个人笑嘻嘻地看他们。

"成么？"车夫要来拉车时，坐客便问。

他只点点头，拉了车就走；大家就惘惘然目送他。起先还知道那一辆是曾经跌倒的车，后来被别的车一混，知不清了。

马路上就很清闲，有几只狗伸出了舌头喘气；胖大汉就在槐阴下看那很快地一起一落的狗肚皮。

老妈子抱了孩子从屋檐阴下蹩过去了。胖孩子歪着头，挤细了眼睛，拖长声音，磕睡地叫喊——

"热的包子咧！荷阿！……刚出屉的……。"

一九二五年三月一八日。

妙笔寻味

  《示众》这篇小说,从头至尾都有着一种出奇的冷静与克制,作者不同寻常地引领读者站在总览全局的旁观者视角,看完了一出既没有高潮,也没有曲折情节的平淡生活场景戏剧。这样的创作不仅在鲁迅的创作中,甚至和同时代其他作家的创作相比,都是很独特的存在。

  这种独特首先体现在看似松散的故事情节中有着严密的组织结构。这篇小说出场人物众多,而且每个人物着墨都不多,但是作者创造性地通过人物的互为看客与示众材料的场面,把这些完全无关的人紧密地组合在了一起:胖孩子看"白背心"——"白背心"观察胖孩子——"白背心"去观察"秃头"——胖孩子看"白背心"看"秃头",也去观察"秃头"——"秃头"在研究白背心上的字——胖孩子看"秃头"在研究字,他也开始研究白背心上的字——"秃头"被"红鼻头"、带小孩的老太太挤得"只得"研究"白背心"的长相——小学生从巡警的刀旁边钻出来却被"红鼻头"的胖大汉吸引——胖孩子被小学生目光吸引看向"红鼻头"——"工人似的粗人"因为问"白背心"犯了什么事被"秃头"和大家侧目,只能不自在地离开——一个携着伞的长子补缺——"秃头"因此又看向"白背心"……

事件整体又由卖包子的胖孩子串场,以他卖包子开始,再以他卖包子结束,让这些彼此错综交织的场景形成一个闭合式的圆环结构,又像绘画中的散点透视,不同的焦点通过"看"的视角互相交织,突出了"看客"这一"看"的集体无意识行为,看似东拉西扯、信手拈来,细处琢磨却极尽巧思,滴水不漏。

我们在叙述一件角色众多、关系复杂的事件时,不妨先为各个人物画一个关系图,把出场人物作为点,把主要情节作为线,通过以点带线、以线连点的方式,画出各个人物关系、情节示意图,看看能不能让所有人物通过故事情节发生关系,并形成闭合的叙述链。如果其中有连不上的缺失环节,就在这张图上补充,再根据这张关系图来创作,长期坚持这样的训练,我们用文章讲故事的能力一定会稳步提高。

本文还有一个独特之处,体现在这篇小说主要角色的选择上。本文虽然出现了很多人物,但是他们都不是主角,本文真正的主角是文章的标题——"示众"。作者把看客的围观行为作为小说的主角,把这种看客围观行为整体的无聊、无意义"示众"给大家看。这样的处理方式和现代派的象征主义手法有相似之处,作者正是用提炼出来的生活中可能天天都在发生的一些社会群体行为来代表某些社会现象。

这种手法看起来高深,其实也很简单——当我们想揭示一种社会现象时,先把这种社会现象与我们对这种现象的态度(批判或赞赏),想象成一个论点,为了说明这个论点(比如《示众》中所要表现的看客围观这一社会现象以及作者对这一现象的痛心),我们再回过头来寻找能够表现这一论点的生活素材(比如《示众》中形形色色的看客),最后再设置一个能够把这些素材集中展示出来的舞台(比如《示众》中押送犯人的场景),把这些元素有机组合起来,就成为一篇具有象征意义的现实主义创作。

请描写一个人物众多的场景片段,并通过这个场景片段展现出一种社会现象。

图书在版编目（CIP）数据

鲁迅绘笔下众生 / 刘晴编著. -- 昆明：云南教育出版社, 2019.7
（三味书屋读鲁迅）
ISBN 978-7-5599-1305-0

Ⅰ.①鲁… Ⅱ.①刘… Ⅲ.①鲁迅小说-小说评论 Ⅳ.①I210.97

中国版本图书馆CIP数据核字(2019)第146077号

三味书屋读鲁迅
鲁迅绘笔下众生
Sanwei Shuwu Du Luxun
Luxun Hui Bixia Zhongsheng

刘晴 / 编著

出 版 人：胡　平
策　　划：孟凡丽　　　　责任编辑：柴　锐　　郑怡然
项目统筹：袁　毅　　　　装帧设计：赵东方
项目执行：王　艳　郭　优　美术编辑：米晓芳

云南出版集团公司 / 云南教育出版社
昆明市环城西路 609 号
http://www.yneph.com
全国新华书店
三河市兴博印务有限公司
开本 / 880 毫米 × 1230 毫米　1/32　印张 / 6.875　字数 / 145 千字
版次 / 2019 年 12 月第 1 版　印次 / 2019 年 12 月第 1 次印刷
ISBN 978-7-5599-1305-0
定价：39.00 元

版权所有，侵权必究
如有印刷、装订质量问题，请致电010-82028225